女人都是外星人
WOMEN

蔡澜雅趣人生系列

蔡　澜　著

青岛出版社

图书在版编目（CIP）数据

女人都是外星人 / 蔡澜著 . -- 青岛 : 青岛出版社，
2019.6
（蔡澜雅趣人生）
ISBN 978-7-5552-8180-1

Ⅰ . ①女… Ⅱ . ①蔡… Ⅲ . ①散文集 – 中国 – 当代
Ⅳ . ① I267

中国版本图书馆 CIP 数据核字 (2019) 第 068867 号

书　　名	女人都是外星人
著　　者	蔡　澜
出版发行	青岛出版社
社　　址	青岛市海尔路182号（266061）
本社网址	http://www.qdpub.com
邮购电话	13335059110　0532-68068026
选题策划	贺　林
责任编辑	贾华杰
特约编辑	刘　茜　漆琼娟
插　　画	苏美璐
装帧设计	书心瞬意　任珊珊
制　　版	青岛帝骄文化传播有限公司
印　　刷	北京德富泰印务有限公司
出版日期	2019年7月第1版　2019年7月第1次印刷
开　　本	32开（890mm×1240mm）
印　　张	8.5
字　　数	260千
书　　号	ISBN 978-7-5552-8180-1
定　　价	59.00元

编校印装质量、盗版监督服务电话：**4006532017　0532-68068638**
建议陈列类别：文学随笔　时尚生活

目 录

她来自江湖

好女人不会老

红颜知己

————

女神亦舒

《天堂一样》

亦舒在《天堂一样》中，有好几句名言，像"中年女子赚钱不是用来添置名贵衣饰的，而是为了肯坐飞机头等舱以及必要时入私家病房"。

"天堂地狱，一念之间。谁叫你高兴，就跟谁一起，这里不好玩，到别处去，何必纠缠。"这么一说，就把《天堂一样》点了题。

反正都是幻想，就彻底地享乐吧。女主人公当过妓女，不但没有黑暗的一面，也没有什么别的小说所说的堕入火坑，最后遭报应的情节。

女主人公的结局，是嫁给一个从未娶妻的中年汉子。他有葡萄酒庄园，亲自驾小型赛斯纳飞机把娇妻载到一望无际的葡萄园中，将来为自己酿一种有薰衣草味的佳酿。太圆满了，和天堂一样，这才叫过瘾嘛！

亦师太

不但她的小说让中国香港和海外的亦舒迷看得如痴如醉，在中国内地，她还有一群把她当"女神"的崇拜者。这些人，叫她为"亦师太"。

当然啰，亦舒把他们压抑着的崇尚名牌、欣赏高级货的心理阴影数了出来。他们向往而不敢出声的东西，亦舒老早就清清楚楚地用简单的文字写了又写。

年轻人的敢爱敢恨，更是亦舒使不完的题材，一本接着一本，看书后页附的书目，已是二百七十本了。

最近，我在新浪网的微博上回答读者的问题，其中有数不清的一百零四个字的字句，要求知道"亦师太"的一些行事。

问她哥哥倪匡的也不少，我知道的话，会一一回答；有时烦了，就叫他们去买《老友写老友》和《倪匡闲话》那几本书。

　　倪匡自己也说已十多年没有和亦舒联络，他们兄妹间关系和常人不同，就是那么怪。说到亦舒的小说，倪匡兄也最爱看，他说："我写科幻，可以天马行空。她写的只是两个男的、一个女的，或者相反。三个人来来去去写了几百本，真是本事。"

值得歌颂的传奇淑女

淑女，并不一定指年轻的女子。我认识的二位，老得不能再老，但在我心目中，她们永远是淑女。

"日本电影之母"川喜多夫人

我在日本学电影时，最大的得益是看到了所有的法国与日本导演的经典作品。法日两国文化交流，各寄一百多套电影给对方。我在"近代美术馆"看完了法国的经典电影，再看日本片。近一年时间，我每天风雨不改地看片，这加深了我对电影的认识。

促成这件盛事的是川喜多夫人，她答应了法国"电影图书馆"的提案后就去各日本电影公司收集影片。五间大公司的老板之中，人缘最差的是"大映"的永田雅一，他和所有人都过不去。川喜多夫人的丈夫所创立的东和公司与"东宝"合并之后，与"大映"更属于敌方，但她低声下气地跑去求永田雅一，请他捐出"大映"旧作。永田被她的热诚感动，交出拷贝来，这个收集才齐全。

上映的日本片的导演，包括了当年还在国际籍籍无名的成濑巳喜男、沟口健二等，更有我喜爱的冷门导演伊丹万作，他是伊丹十三的父亲。

这都是川喜多夫人努力的成果。她和先生川喜多长政很爱中国香港，对大闸蟹尤其有兴趣，每年到了秋天必来一次，我们常在天香楼相聚。川喜多夫人长得矮矮胖胖的，衣着一直非常整齐，更深爱穿和服，面孔非常慈祥。

招待川喜多夫人，我无微不至，她一直不知道是为什么。在公在私，我们的交往不深，其实我不必付出那么多，她常向人说："蔡澜真是好人。"

其实，原因很简单，我很佩服她对日本导演的栽培，也让我有机会看到那么多名作，就此而已。但我也从来不为此事向她解释。我和她的女儿川喜多和子又是好朋友，她嫁过伊丹十三，后来离婚，又和我们共同认识的柴田结婚。

为了保存日本电影，川喜多夫人把私人财产拿了出来。"近代美术馆"刚成立时才有百多部片子，而法国的"电影图书馆"已有六万部；当今"近代美术馆"中也存了四万部电影。

川喜多夫人还是迷你戏院的原创者，她说服丈夫，成立了ATG（艺术剧院协会戏院），有二百个左右的座位，专放一些外国片、艺术片，像印度的萨蒂亚吉特·雷伊的《大地之歌》、意大利费里尼的《八部半》和法国阿伦·雷乃的《去年在马里昂巴德》等等。一群爱好艺术电影的影迷麇集，钱不花在宣传费上，戏院也办得有声有色。当年都是大戏院，坐一两千人，行内起初都当迷你戏院是笑话，后来才发现它可以生存；在今天，迷你戏院更成为天下电影院的主流。

除了发行外国片，ATG更以小成本制作着电影，造就了羽仁进、大岛渚、筱田正浩、寺山修司、冈本喜八、新藤兼人等等名人。

如今，川喜多长政及其夫人、女儿都已去世，但川喜多这一家族的往事，在国际电影圈中一直被流传。法国"电影图书馆"的局长更赞美川喜多夫人道："这是一位毫无利己心的淑女。"

① 妈妈生，鸨母在港澳地区的另一种称呼。

百岁妈妈生 [1]

在这一个专栏中，我曾经提过一位已经一百岁的酒吧妈妈生。

某天，我又去她的酒吧"GILBEY A"。走进门，看到柜台上摆了一个镜柜，有她一张彩色照片，样子端庄和蔼，我已知道发生了什么事。

"去年逝世的，"酒吧经理说，"活了一百零一岁。"

"不是说过吗，她一死，这间酒吧就不做下去了，怎么还开着？"我问。

经理回答："老客人要求她的儿子继续做下去。"

"儿子是做什么的？"

"普通的白领，对喝酒一点兴趣也没有。他也不常来，几个月都看不到他一次。他说，妈妈留下的财产也足够经营，就让这间酒吧一直开下去，等到钱全部花完的一天再关掉吧。但是客人不断上门，还有钱赚呢，我想可以开到我也死去为止吧。"经理说。

"你跟了她多少年？"

"三十几年了，和她一比，我做这一行，不算很久。妈妈生说过，一种行业，不管是做护士还是秘书，只要终身努力，做到最好，就是一个成就，做酒吧也是一样的。

我永远记得这句话。"

"死得不痛苦吧？"

经理娓娓道来："起初已是不舒服了，打电话来说要迟到一点，这么多年来她一直很准时，八点钟一定到店里来，所以我们都感到不妥了。后来她勉强出现，但是把头伏在柜台上休息。听到客人的欢笑，她又兴奋起来，和平时一样，像一点病也没有。有些从乡下来的客人要求和她合照，她更是四处走动，最后支持不住才坐了下来。我一直劝她进医院，她不肯。她说过：'我一进医院就会死的。'看她的脸色愈来愈不对，我只有把她儿子叫来，她还是说只肯回家。坐上的士时，她已经昏迷，送进医院，一个星期后去世了。我心中知道，她不肯走，是想死也要死在酒吧里，这到底是她最喜欢的地方。"

已不重要

把这两位淑女的故事说给友人听，大家唏嘘不已，都说在她们活着时没有机会见面，是多么可惜的事。

这世间有很多坏蛋，死后给人添油加醋，变得面目可憎，讨厌到极点。反观这些值得歌颂的人物，死去愈久，他们传奇性的故事愈丰富，甚至不是发生在他们身上的美谈，都被人们贡献了进去。见不见得到本人，已不重要了。

「脱衣舞娘翻译」

　　日本的一间大出版社与我商谈我的散文集的出版事宜。之前的两本食评卖得不错，他们或有生意眼。

　　找什么人翻译呢？我相信自己能胜任，但是毕竟没有日本人使用本国文字流畅，加上我的时间的确不够用，还是由别人去做吧。

　　经过再三的考虑和仔细挑选，最后决定请一条小百合担任翻译。

　　哎，她是一个脱衣舞娘呀！中国人和日本人都有这种反应。

　　我才不管。

　　小百合不是她的本名，她原来叫荻尾菜穗美。日本演艺界有一个传统，是把尖端人物的名字一代代传下去。红极一时的一条小百合觉得荻尾是可以承继她的衣钵的，才把名字传给了她。如果荻尾没有找到一个和她一样有水平的脱衣舞娘，这个名字便会从此消失。

　　小百合从我就读过的日本大学艺术学院毕业，是我的后辈。大学中前辈照顾后辈，也是个传统。她第一次来找我的时候，用生硬的粤语和我对谈，手上还拿着一沓厚纸，做了无数的记录。那时，我已经觉得这个后辈并不简单。
　　后来她再送我数本她的著作，其中有自传式的，讲述她为什么喜欢上脱衣这门舞艺，又是如何从追求、学习到演出，过程艰苦、一丝不苟，搏了老命[1]，才得到前代一条小百合的认可从而袭名。我对她更加佩服。

　　荻尾对中文的研究愈来愈深，后来干脆脱离舞台表演，拿了一点储蓄来到中国，香港太贵住不下，便搬到广州学中文。她的成绩有目共睹，现在她已能在报刊上写专栏，结集成书，叫《情色自白》，可读性极高。
　　文章变成另一国文字，能由写作者翻译，层次较高。我写专栏，她也写专栏，我已不是前辈，她也不是后辈，我们是平辈。

① 搏命，粤语，拼命。

「最喜欢朱茵吗？」

"节目中那么多的女主持和女嘉宾，你最喜欢哪一个？"记者问我。

到底谁最好呢？让我想想。这么多年来，遇到过的美女不少。和我合作得最多的是李珊珊，这回在《品味》中，我们又一起到日本去。我发现她一直在照顾着经验不足的林莉，为人和躯体，都成熟透了。

① 英尺，英美制长度单位，1 英尺合 0.3048 米。

林莉是新伙伴，我已有六英尺[①]，她穿起高跟鞋来比我还高。我一向喜欢修长的女子，对她自然有好感。林莉的话并不多，较喋喋不休的人，当然更好。况且只要她漂漂亮亮的，看起来悦目，就和美食是最佳的搭档。

朱茵的身材就娇小，但该大的地方大、该细的细，最重要的是她的确有古人形容的明眸皓齿。她活泼得不得了，和她聊天，是很畅快的事。

可惜陈贝儿工作繁忙，这回她只出现了几次。她一向是访问别人的，反过来接受别人的采访，她的话也少了。不过她的确是一位很聪明的女子，懂的事多，每种题材都搭得上。

十年前和李嘉欣到北海道泡温泉，大雪中烟雾弥漫，给观众留下了深刻的印象，北海道也成了热门的观光点。国泰公司因此重开了直飞的航班，每班飞机都爆满，这点陈南禄先生也能证实。

因为电视公司的预算有限，李嘉欣为了使工作完成得更完美，私底下带了化妆师和发型师，花了二十多万。

郭羡妮曾于十年前刚选中港姐时和我合作过一次，当今又重逢，还是那么美丽。我在节目中介绍一个专门用来炖鸡精的锅子，表演了一下。

"什么肉都可以用来炖的吗？"她问。

我开玩笑地说："当然，炖牛肉就是牛肉精，炖狐狸就是狐狸精。"

休息时闲聊，得知许多关于她的绯闻，都无其事，真难为了这位小妮子。

　　"到底你最喜欢哪一个嘛？"记者追问。

　　我反问："你以为我会说出一个，而让其他美女不高兴吗？"

　　记者点头："说得也是。"

苏美璐近况

　　苏美璐来电邮，说会来香港。这一下子我可兴奋了，向她建议："不如顺便开个画展？"

　　"兴趣不大。"她回答，"这次主要是来陪父母的。"

　　画家不喜欢开画展的，大概也只有苏美璐一人了。

尊师重道

　　苏美璐父亲苏庆彬先生为了完成他老师钱穆先生的遗愿，花了五十六年把《清史稿全史人名索引》一书整理出版。对于一般人来说，这只是两本很厚的人名记录，但对历史研究者，这是多么珍贵的资料！

是的，尊师重道在那一代人是生活方式，虽然当今几乎已被遗忘，但苏老先生这次来港，一方面是见证毕生心血的出版，另一方面是看看他的学生。苏先生在新亚教学数十年，学生们邀请老师，已把他在香港的那两个星期占满了。最后苏美璐在早上送父母回美国，再乘晚上的飞机回英国，临出发前，我们在机场的美心餐厅静静地聊了一会儿。

"还要坐多少小时飞机才能回到家？"

"这里到伦敦十几个小时，再由伦敦飞爱丁堡，从爱丁堡坐大船到 Shetland（设得兰群岛）大岛，再换小船到另一个小岛，才算回家。"

苏美璐的家，是小岛上一间有两百多年历史的老屋。她说，老屋的基盘用大石堆成，古木建材做成的房屋主体，也能够抵挡住风雨；有一位宠爱她的丈夫和一个可爱的女儿，人生满足矣。

她的丈夫是苏美璐在英国留学时的绘画老师，苏美璐也算尊师重道的。

岛上生活

"小岛上有大街和商店吗？超市呢？"

"什么都没有。如果能说是超市的，是一间杂货店兼邮政局的，和西部片中看到的差不多。从我家去可以骑单车，但我多数是走路，二十几分钟。"

"那等于什么都没有了？"

"也不是，还有很小型的工厂，那就是我们的沙丁鱼罐头厂。我一直鼓励他们把海里的藻类拿来卖，那些藻类对健康很好，我们一直吃，所以全家什么毛病都没有。"

"那么神奇？叫什么？"

"叫海藻黑胶，英文是 fucoidan。"

"我一定要买些来试试。你先生 Ron（罗恩）呢？除了作画之外，他每天在岛上还做些什么？"

"他拿了你给他的 iPad，在网上学打鼓，学得兴起，每天要花上几个小时呢。"

"哈哈，女儿阿明呢？"

"阿明也在网上学音乐。当今有 Skype（网络电话名）教学，学生们可以在网上选他们想学的科目，而且很多老师的背景都放在网上，学生可以选好了老师之后交学费；老师则可以通过摄影机将课程拍下来传上网，学生也可以一对一地向老师学习。科技发达，真是好事。"

"从你寄来的照片看，阿明学的是小提琴吧？"

"是小提琴，但不是 violin（小提琴），而是 fiddle（小提琴）。"

这令我一头雾水，问道："到底有什么分别嘛？"

苏美璐解释："Shetland 的人认为 violin 是有钱人的玩意，fiddle 才大众化、平民化，多数是在举行婚礼或开派对时奏来跳舞的。愈奏愈快，快到令跳舞的人要生要死地跌在地上为止，很适合阿明的个性。"

"她对画画没有兴趣吗？"

"也不能说是全无兴趣，只不过不肯认真去学。阿明这个女儿，胸无大志，只想一天过得比一天快乐。"

"这才是大志之中的大志！对了，她今年多大了？"

"阿明是千禧年女儿，十五岁了。我们的小岛上只有小学，明年她便要到 Shetland 大岛去上中学，也要在那里寄宿，之后才到爱丁堡读大学。"

"舍得吗？"

"没什么舍不舍得的，她现在每个周末也去大岛上半工半读。"

这么一说我想起来了，有一次和苏美璐吃饭，她带了一位中国太太一起来。那位太太也是从香港去的，和丈夫在大岛上开了一家中国餐厅。

"阿明做些什么？"

"捧碗碟呀，点单呀，什么都做。我来香港之前她在学收钱，好彩①没有算错账。"

① 好彩，粤语，幸亏，幸好。

"阿明多聪明，这点小事难不了她，你自己呢？玩什么乐器？"

"除了钢琴外，我还一直弹古筝。但是我最喜欢的还是二胡，很想学，试了几次，阿明最怕听了，所以没学成。她上了中学之后，我就能开始。"

"你一点也不觉得闷，是不是？"

"没什么好闷的，岛上的生活很充实。我还养了一群鸡，每天拣鸡蛋做早餐。来生要是生成鸡的话，千万别做公鸡！"

"做公鸡有什么不好，母鸡都要听它的话。"

"你没观察过不知道，公鸡老了就要把地盘交给儿女，不能留下。我想，要是有公鸡俱乐部就好了，岛上居民养的老公鸡都能聚在一起，偶尔闲聊当年的勇事，多好！"

苏美璐总有一套与众不同的见解。

红颜知己

再见

时间到了，我送苏美璐到闸口，本来还有点腼腆，想握握手道别，最后我们还是忍不住，紧紧地拥抱了一下。

不知要过多久才能再见面了。

「穿旗袍的女子，我的思春期」

魅惑

　　我在思春期中，认识了一个叫歌里雅的，她是个卖化妆品女郎。

　　她穿着粉红色的旗袍在商场中服务，那像是这一行的制服。对南洋的孩子来说，旗袍的开衩，让人充满了性的幻想。

　　自从见过她之后，我每天放学后即刻换了校服，穿长裤往她工作的地方跑，连电影也不看了。

　　我在她工作的地方徘徊了多次后，当今也不记得是谁先开了口，约去喝咖啡。

"原来你还在上学。"歌里雅说，"我还以为你已经出来做事了。"

十五岁的我，已身高六英尺，怪不得她有错觉。

"我十八了。"她说，"你多少？"

"也……也一样。"

十八岁，在我眼中她已是一个很老、很成熟的女人，但我一向对黄毛丫头一点兴趣也没有。十八岁刚好，我认为。

① 马来亚，半岛马来西亚的旧称，指马来西亚西部地区。

"我从马来亚①来的。"她说。

"家里的人都住这里？"

"不，只有我一个，租房子住。"

"我有一个同学也是从马来亚来的，他家里有钱，买了一栋房子给他住，父母亲不在。我们常在他那里开party（派对），你来不来？"

"好呀。"她笑了，有两个酒窝，我只觉一阵眩晕。她的眼神，就是书上说的媚眼吧？

不接受"不"字的女子

约好的那天来到，我莫名紧张。事前其他同学去买食物，开罐头火腿做三明治，我负责调饮品，做 punch（潘趣酒）。拿了一个大盆，倒入冰块，切苹果和橙片，再加果汁和汽水，最后添一杯 BEEFEATER（必富达金酒），大汤勺搅了一搅，试一口，好像没什么酒味。Punch 嘛，本来就不应该有酒味的，但还是决定把整瓶 BEEFEATER 倒了进去。

歌里雅乘了的士来到，还是穿着一身旗袍，这次换了件黑色的，显得她皮肤更洁白。同学们都对我投以羡慕的眼光。

跳过几首快节奏的恰恰之后，音乐转为柔和的"*Don't Blame Me*"（《别怪我》）。这是大家期待的拥抱时间，我一揽她的腰，是那么细。

她靠在我怀里，对我说："我是一个不会接受'不'字的女子。"

我心中牢牢记住这句话。

舞跳至深夜，她走了，什么事都没有发生。

一天，吃过晚饭，在家里温功课时我接到她的电话，声音悲怨："你来陪我一下好吗？"

"好。"这种情形我不会说"不"。

匆忙在笔记簿上写下了她的地址，穿好衣服就赶了出去，却忘记了拿笔记簿。

到她家附近，怎么找也找不到她住在哪里，也没她的电话号码，急得直骂自己愚蠢。这时，看到她从三楼的阳台上探出头来，我才把额上的汗擦干。

打开门，看到她脸上还有泪痕，身上是一件蓝色旗袍。

"我妈叫我回去嫁人，我不回去！"她又流泪。

当然顺理成章地拥抱，亲嘴，抚摸。

躺上了床，一颗一颗铁纽扣打开的声音，像银铃一样。当年裁缝的旗袍，纽扣特别多。

雪白修长的腿，小得不能再小的底裤，歌里雅的旗袍内并没有胸罩。发现自己的做爱行为有点笨拙时，我拉开了她的枕头，垫高了她的屁股。这一招是在书上看过的，不能给她知道我对这件事的经验不足。

事过后，歌里雅从我的胸口抬起了头，问："你爱不爱我？"

一说"爱"的话，她会对我失去兴趣吧？我摇头："不。我们见面不多，怎么能够说得上爱。"

"哼！"她整个人弹了起来，"你肯定你不爱我？"

"不。"我斩钉截铁。

"好。"她大叫，"我死给你看。"

我知道她在开玩笑，穿了衣服走人。

回到家已是深夜一点，大家已经睡了，也把花园的铁闸锁上了。树丛中有道裂痕，是我的秘密通道，我翻过篱笆爬进去，细步走入睡房，拉起被蒙头大睡。

两点半钟，电话大响。我们都起了身，从来没人那么晚了还打电话来。父亲接起电话听了，脸一变，把电话摔在沙发上。姐姐接过来听："什么？吃了多少颗安眠药？喂，喂，你在哪里，喂，喂，喂……"

父亲是文人，对着这种事也感尴尬，不知道怎么骂我，只有指着我的鼻子："你……你……你。"

好在母亲是一个处变不惊的人，还在呼呼大睡。姐姐承继妈妈的坚强，镇定地说："我来。"

她把我留在桌子上的记事簿地址撕下，开车出去了。

说不紧张也是假的，当晚怎么也睡不着。到了黎明，姐姐回来了，说："不要紧。煮了很浓的咖啡灌她喝，扶着她逼她走几圈，再挖她喉咙，什么都吐了出来。"

雨过天晴，一家人从此再没有提起这件事，直到我长大，出国，进入社会做事。

"那个孩子，小时候女朋友真多。"父亲向他的老朋友说，还带点自豪。时间，的确能改变一切。

我的酒女朋友

酒女邻居

绿屋左边的那间公寓，租了给一对夫妇。男的在一间大公司上班，职位不高，可能是因为他本人有点口吃的毛病；女的出来当妈妈生，帮补家计。

住在大久保那一区的女人，多数是所谓的"水商卖"，做酒吧或餐厅生意的意思。到了傍晚，路上一辆辆的的士，乘的都是这些女的，一人一辆，皆因穿了和服不方便搭电车之故，赶着到新宿去开工。有时遇上红灯，走过就看看的士上的女人漂不漂亮，她们也偶尔向我们打打招呼，对本身的行业并不感羞耻。工作嘛，不偷不借。

做学生时没有钱泡酒吧，认识她们是通过我们邻居的介绍。日本酒吧很早打烊：十一点多客人赶火车回家，再迟了就要乘的士，路途遥远，车费不菲。隔壁的妈妈生收工回家，酒兴大作，便把我们请去她的公寓，再大喝一轮。

喝得疏狂，又打电话叫其他吧女。七八个女人挤在小客厅中，好不热闹。她丈夫也绝不介意，笑嘻嘻地拿出许多送酒的食物来，好像在慰问辛苦了一个晚上的太太。

初学日语，甚受这群女人影响，在每一句话的尾部都加了一个"wa"。这是女人才用的日语，因此常被耻笑，后来才更正过来。

有侠气的女子

被人请得多，不好意思，自己也做些菜拿过去。卤的一大锅猪脚吃完，剩下的汁拿到窗外，下雪，即刻结成冻。将锅底的冻用刀割成一块块的，放在碟中拿给那些女人送酒，当然要比鱿鱼丝或花生米好吃得多。她们大赞我们的厨艺，送上来的吻，弄得我满脸猪油。

每个女人喝醉了都有个别的习惯。有一个平时不太出声的，醉后忽然变得英语十分流利，抓着我们话家常。另一个比较讨厌，喝醉了就哭个不停。还有的拼命拔自己的腿毛，拔得满腿是血。好几名爱脱衣服，是比较受我们欢迎的。

离乡背井，我们都把自己当成浪迹江湖的浪子。而这些欢场女子，正如古龙所说，都有点侠气，不工作时对普通男人有点轻蔑，但对我们则像对小弟弟，搂搂抱抱。有时乘机一摸，对方说，要死了，敢打姐姐的主意？

大家都血气方刚，摸多了就常到绿屋，挂起红色毛线衣，大战三百回合。完事后大家抽根烟，就像打了一场乒乓球，出身汗，互相没有情感的牵挂。

酒女的事业

发薪水的那天，她们轮流请我们到工作的地方喝酒。新宿歌舞伎町附近酒吧林立，用望远镜头拍摄，一块块的小招牌好像叠在一起。有的酒吧很小，只有四五张桌子；有的大型，至少有三四十名女子上班。

当年的酒吧，酒女绝对没有被客人就地正法那么一回事儿。要经过一番追求，酒女也不一定肯，还有一丁丁的谈恋爱的浪漫。

每个酒女大概拥有七八名熟客，火山孝子一两个星期来一次，十几个酒女乘起来就有稳定的生意可做。熟客多了，旁的酒吧就来叫她们跳槽，一级级升上去，最后由

新宿转到银座上班，是酒女最高的荣誉。

　　熟客来得次数多，就应酬一下，否则他们追那么久还不到手，只有放弃。

　　并非每个酒女都长得漂亮，起初在客人身边坐下，没什么感觉，但老酒灌下，就愈看愈美。加上这群女人多好学不倦，什么世界大事、地产股票等都由电视和报纸杂志看来，话题自然比家中的黄脸婆多。还有那份要命的温顺，是很多客人渴望的。

　　机构中都有些小账可开，这些所谓的交际费是能抵税的，这是刺激消费的聪明绝顶的做法。日本商家的高级

红颜知己

职员如果到了月底，连一张餐厅或酒吧的收据都不呈上，便证明他这一个月偷懒。因此，整个饮食和酒水事业的巨轮运转，养了不少人，包括我们这群酒女朋友。

再遇茉莉子

日久生情，有个叫茉莉子的已在银座上班，赚个满钵，一身名牌。有天她告诉我她就快搬离大久保，住进四谷的高级公寓里去，上班方便一点嘛。

"我们不如结婚吧。"她提出。

"什么？"我说。

"你也不必再念什么书了。"她抱着我说，"留下来，一切由我来负担。"

现在学会做人，当然懂得感谢她的好意，而当年年轻气盛：要女人来养？说些什么鬼话！一脚把她踢开。

事隔数十年，就那么巧，在京都的商店街又遇见她。她开了一间卖文具的商店，还算有点品位。

"秀子，你快来，这就是我常向你提起的蔡先生。"她把女儿叫来，秀子客气地向我鞠了一个躬，又忙着去招呼客人。

"我的外孙已经六岁了。"茉莉子骄傲地说。

"先生也在店里做事？"我找不到其他话题。

"没用，被我踢走了。"她幽幽地望了我一眼说，"像当年你踢走我一样。"

我只有苦笑。

"有时在电视《料理的铁人》看到你当评审，你一点也没变。"她说。

我希望我也能向她说同一句话，而她眼镜中反映着一个白发斑斑的老头。大家扯平。

最欣赏大食姑婆

① 大食，粤语，能吃，
胃口大，吃得多。

女人之中，最欣赏的是大食①姑婆。

原因可能是我上餐馆的时候，一喝酒便不太吃东西，见到身旁的女伴一口一口地把食物吞下，会觉得着实好看。

名取裕子

我认识的大食姑婆中，我印象最深的是名取裕子。这位女演员曾在风月片《吉原炎上》中大脱特脱；但在文艺片《序之舞》里，她演个女画家，又把角色塑造得入木三分。她得了许多奖，是日本第一流的女演员。

名取裕子来香港的时候，我招呼她吃饭，她坐在我身边。我说过，我喝了酒不爱吃东西的，看她吃得津津有味，一下子吃完她面前的菜，我就把我那份也给她。她笑了笑，照收不误。

主菜过后，侍者问："要面或饭？"

她回答："面饭。"

连我的主食，四碗她都吞下，还把其他人已经吃不下的十个荷叶饭打包，回酒店前把全部甜品也扫了。

第二天一早送她坐飞机，我问："你那些荷叶饭呢？"

"回到酒店后已吃光。"她说得轻松。

在这次的东京影展中又与她重逢，她拉着我的手，到处向人介绍我是她的男朋友，还幽默地说："蔡先生喜欢的，不是我的身体，而是我的胃。"

松板庆子

松板庆子是位公认的大美人。她有个毛病，就是近视得厉害，又不肯戴隐形眼镜，看东西完全看不清楚；但她逢人便眯着眼笑，那些笨男人给她迷死了。

看其他东西朦胧，但是看食物她绝对认得出。我们吃中餐时，她也像名取裕子一样，连我的吃双份。座中其

他男人看到了也不执输^②，拼命向她献殷勤，忍着饿把菜递上给她。她说："ALA!"（日本人喜欢说"ALA"，没有什么特别意思，是个感叹词罢了，和汉语方言的"我"也无关。）

"ALA！你们香港男人，胃口怎么都那么小！"媚笑之后，她毫不客气地把几份同样的餸^③菜吃得光光。

② 执输，粤语，占下风、吃亏。

③ 餸，粤语，下饭的菜。

大食女友

其实不止日本女人是大食姑婆，香港美女大食的也不少。常与四五位身材苗条的美女去吃上海菜，她们第一道点的必是红烧猪蹄髈，有一次，每人一只吃不够，还要再来一客呢。

吃相难看的人，本身也是难看的。美女们即使开怀大嚼，满嘴是油，也来得性感。

其中一名美女，一大早饮茶，独吞八碟点心，再来一盅排骨饭，完了叫一碟蛋挞，犹未尽兴，最后又加个莲蓉粽子才满足。

几小时后，与她到韩国餐厅吃午餐。我常去的那家提供我的是正统的韩国小菜，一共有十余碟，加上七八碟烤肉、一个牛肠锅，她又干干净净地吃完。

下午四点钟她已喊饿，我们到大酒店吃下午茶，她先来个黑森林蛋糕，接着是芝士蛋糕。我开玩笑说，不如来两客下午茶套餐。她点头称好。于是又是三明治又是面包，她一人包办。

这么一个会吃东西的女子，晚餐带她去意大利餐厅最适合了，先用一碟意大利面填满她的肚子。令人诧异的是，那一大碟面条她只当是吃两片火腿罢了，又接着叫头盘、汤、沙拉、牛排、甜品。我只是点了一客羊排，吃不完，分一半给她。她说味道不俗，问可不可以自己来一份。

半夜，我们又在潮州摊子打冷④，一碟鹅肠、一条大眼鸡、半只卤鸭，另叫花生豆腐。以为她会叫粥，但她点的是白饭，连吞三碗半，噎也不打一个⑤。

当晚垫上运动做得并不剧烈。

第二天，她一大早摇我起身，问道："今天吃什么？"

我年轻时有个女友住吉隆坡，姓台，台静农的台，酷爱穿旗袍。她带我去湖滨公园吃烤鸡，她可以连吃五六只鸡翅、八只鸡腿、四碗白饭；后来看到卖榴梿的小贩挑着担子走过，又开了三个。

吃完，她"唰"的一声把旗袍的拉链打开——完全不管四围的人是不是在看着她——脚一摊，走不动了。我常开她的玩笑，说她不应姓台，应该姓抬。

④ 打冷，潮州话，指到潮州大排档吃饭或吃夜宵。

⑤ 打噎，粤语，打嗝。

好的女人，吃不胖

我想，女人除患上厌食症外，大多数应喜欢暴饮暴食，只是怕肥，不敢罢了。她们在潜意识里，都是大食姑婆，如果让她们放纵地吃，将一发不可收拾。

雷·布拉德伯里的小说《火星编年史》中有一段，描述的是核爆下人类几乎全死光，只剩下一个男的整天等电话。终于有个女的给他打来了电话，他喜出望外，经过十几天日夜追寻，终于找到了她，发现她是一个在不停地吃巧克力的大肥婆。

不过话说回来，好的女人，似乎是怎么吃也吃不胖的，这是她们天生的优越条件。

区丁平导演的《群莺乱舞》一片，背景是四十年代的石塘咀青楼。众人物中，我们本来设计了一只大食"鸡"：她平时加应子、话梅、葡萄干吃个不停；到西餐厅时来一大杯奶昔，她"嗖"的一声用吸管一口吞光；吃中餐时，白饭一大碗一大碗地吞，她眉头皱也不皱一下；她还将姐妹们的晚饭都吃干净。最后，她笑嘻嘻地接客，客人由她闺房走出来，一个个面黄肌瘦、四肢无力。

结果因篇幅限制，只轻描淡写地带过这些情节，浪费了这个人物。

置屋之娘

箱根

做学生时当然没钱叫艺伎，她们只存在于小说和电影之中，没想过在现实生活中能够接触。

后来从中国香港来了一位世伯，有点钱，因语言不通，他要我陪着他去箱根浸温泉。这种享受对我们来说也很难得，乐意前往。

新宿车站西，有一列私营的火车，叫"罗曼斯号"，座位透明，可以一面看风景一面吃便当，直通箱根，两小时之内抵达，至今还运行。

泡完温泉换上衣服，坐在靠窗的沙发上喝啤酒。这

间旅馆之前和家父来过，我们两父子对着青山，看每个时段树叶颜色的变化。那景色，非常幽美。

置屋之娘

"叫几个艺伎来吧。"世伯当年也不过四十出头，还是有劲的。

"很贵。"我说。

他拍胸口："我请客，别担心钱的事。"

我还是不肯，只要了一名。

旅馆餐是在房间内吃的。侍女搬进丰富的食物，正要倒酒时，听到一个声音："由我来吧。"

走进一个身穿和服的中年艺伎，样貌普通。世伯对她好像一见钟情，两人对饮起来，又抱又吻，旁若无人。

"小朋友，叫一个来陪你？"艺伎问。

我还是说不好，但艺伎坚持："她不在这里工作，是我旧老板的女儿，来箱根度假的。"

说完，她不管三七二十一，拉来个女的——穿普通衣服，没化妆，看起来顺眼。她坐在我身边，为我倾酒点烟，手法纯熟。

我指着那艺伎："她说你不是这一行的，怎么学会招呼客人的？”

艺伎听到了，说：“她是置屋之娘，也受过训练。”

置屋，是安排艺伎生意的地方，当今都叫艺伎公司。娘，老板的女儿的意思。

一杯复一杯，她们两人站起来，拿着扇子跳我们不懂欣赏的日本舞，又叫旅馆搬出乐器，一个打鼓一个弹三味线，是有点学问。

醉后，她在我身边说：“今晚把我留下吧。”

“我只是一个学生。”言下之意，付不起。

“是你陪我，不是我陪你。”她细语。

一早，我们赶火车回东京。艺伎没来，置屋之娘送我们到车站。她化好妆，样子更好看。她把电话号码塞在我手上。

置屋的责任

之后经常联络，她来绿屋，我把红色毛线衣挂出来。

“我介绍我最好的朋友给你认识。”有一次她说。

吃茶店里出现的是一位美女，身材较为高大。

“她是个冲绳岛人。”她说。

“冲绳女人得罪了你们日本本土女人啦？”冲绳岛

艺伎听到她的语气中有点轻蔑，冲口而出。

"我不是这个意思。"为平息冲绳岛艺伎的怒火，我听到置屋之娘说，"好姐姐，你也没有试过和中国人做的呀，今晚我请他和你来一下。"

"你真坏。"冲绳艺伎撒娇。

我又带冲绳艺伎到绿屋，挂出红色毛线衣。

之后，我认识了一个又一个艺伎。艺伎不能随便和客人睡觉，但大家年轻，都有压抑不住的本能，置屋之娘安排她们来找我。

下雪。过年。

电话响，是她的声音："我爸爸妈妈到夏威夷去晒太阳，明晚你到我们的置屋来吧，大家都等你。"

"不必上班吗？"我问。

"除夕客人都在家陪儿女看红白合唱大战，那会出来叫艺伎？"她说。

我便从新宿坐火车到御茶水，再走路到神乐町去。神乐町的料亭最多，自古以来是艺伎的集中地。置屋是间木造的旧式房子，两层楼。

大厅中间生了炭火，由天井挂下一个铁钩，煮着一大锅海鲜。众女人开了一公斤瓶的清酒，也不烫热，就那么传来传去"吹喇叭"喝。一瓶又一瓶，榻榻米上躺着不少酒的"尸体"。

冲绳岛艺伎穿着一身传统冲绳服装走下来，这是平时不准穿的，今晚她特别自傲，拿了三味线独奏。冲绳的三味线节奏强烈，和日本本土柔和的风格不同，铮铮有声，听得我入神。置屋之娘不服输，也拿出三味线来，弹出节奏更强烈的曲子。两人愈弹愈疯狂，后来把乐器扔开，打起架来。

女人打架比较好看，不拳来脚往打得鼻青脸肿，而是互相撕头发和衣服，扯得长发披散、袒胸露背。

冲绳岛艺伎凶猛，压得置屋之娘呼吸不了时，我大叫一声："冲绳岛名胜是个横匾，写着'礼仪之邦'！"

一下子停了手。各女人又"吹喇叭"去了。

"我不知道日本本土的三味线也可以那么剧烈的。"我说。

"那是一个叫轻津的地方的演奏方法。"

"你怎么学会的？"

"我本性刚烈，很喜欢。"

"刚烈的女人占有欲强，你怎把我分给其他人？"

置屋之娘紧紧抱着我："置屋的责任，就是替人安排的嘛。"

学学方太，天下太平

如果每一个女人都像方太，那么天下就太平了。

做电视节目之外，她说话不多，但总是一针见血。对婚外情，她觉得"背叛"那两个字很吓人，其实夫妻两人并没有卖身给对方，出轨的人只是违反了对婚姻的承诺，而承诺这回事是一刻的，之后大家都会变。

方太离了婚，带着一群孩子，一手把他们养大，到最后，还要陪孙子们。她就是那么一个坚强的女人，一切都用肩膀扛着，不哼声，乐观地活下去。她也把这种生活态度传了下去。当今出书，由她的经验中，我希望每一个女人都能有收获，和她一样，别再一哭二闹三上吊了。

　　和方太深交，是在她做亚视的烹调节目的时候，她当年很红，由家庭主妇到的士司机都知道她是谁。有一次在饭局中，友人介绍我们认识，我向她说："你还是不适合用颜色太深的指甲油。"

　　方太即刻会意，也知道我看她的节目看得仔细，后来请过我上她的节目。

人家以为我只会写，其实我们半工半读的穷学生，如果爱吃好一点的，谁不会亲自动手呢？说煮就煮，我胆粗粗①地上了她的节目。从来没有在众人面前表演过，但我也不怕，做的是"蔡家炒饭"，拿手好戏，放马过来吧！可惜没有录下来，不然重看，也会觉得我烧得还是不错的，但弄得乱七八糟的厨房，当然不会出现在电视画面上。

方太和我都住九龙城区，有时买菜相逢，我相约一起吃饭。有时飞新加坡也遇到她，每次都相谈甚欢。她时常教导我，比方煮青红萝卜汤，她说加几片四川榨菜即能吊味。照做了，果然效果不同。

有方太这个朋友真好，她会处处保护你。《方太广场》是一个有观众的现场节目，有次做完节目，一个八婆问："你认识蔡澜吗？"

"认识呀。"方太回答。

"他是一个咸湿佬（好色之徒）呀！"八婆说。

方太语气冰冷："他看人咸湿，对方要是你的话，你可得等到来世了。"

① 胆粗粗，粤语，胆大，有胆量。

品味名女子

———

章子怡演反派最佳

艺伎回忆录

《艺伎回忆录》即将被斯皮尔伯格拍成电影，人们热议由谁来扮演其中的角色，搞得满城风雨。为了参与这个话题，大家得先看这本书，于是最近台湾地区的翻译本都被沽清。

如果你也想写一本关于艺伎的畅销书，故事绝对要有几个角色：第一，要有一个籍籍无名的乡下女孩，故事就是讲她怎么爬上去，最后成为名伎的。第二，她有个死对头。第三，她还有个同情她的长辈。第四，她有个欣赏她的男人。

MEMOIRS GEISHA
MEMOIRS GEISHA
MEMOIRS GEISHA
MEMOIRS GEISHA
SHOW
Live Girl
PEEP
HOTDOG
Pretzel

畅销书，必须剧情老套，因为大部分的读者都是老套的。

章子怡最合适

既然这部作品给斯皮尔伯格看中，便有它的道理，这将会是一部卖座的片子吧？最初的传言是由张曼玉来演女主角，接着又说是杨紫琼，最后又说是章子怡，中间听闻巩俐也有份参加，总之都不是最后的定局。

主角小百合，由谁来演都好，应该有一段从少女变为名伎的过程。这一点，如果由张曼玉、杨紫琼或巩俐来演，都年纪太大，她们要扮少女是扮不来的。

章子怡当然最合适，以她的年龄和当今的国际声望，是不二之选。

张曼玉已宣布她放弃此戏，杨紫琼或巩俐有份参演的话，剩下的两个角色是小百合的死对头初桃和培养小百合的另一位名伎真美羽。

当个讨好的女配角，也许杨紫琼会接受，巩俐就免了吧？捧真实生活中的宿敌来干什么？演个反派更丢脸，干脆不接此戏好了。

外国观众在网上投票，也觉得日本艺伎的角色，为什么要由中国女子来演？但好莱坞的制片家不是那么算的，他们认为有国际闻名的女演员才有卖座的保证，而日本电影一直市道低落，冒不出什么大明星。虽说小雪在《最后的武士》中有点名堂，但始终不像章子怡那么站得住脚。章的《卧虎藏龙》很成功，《英雄》虽在亚洲恶评如潮，但在美国开画不错，连续两周为卖座冠军，美国观众认为电影拍得彩色缤纷已经好看。还有成龙那部片子，章子怡也给美国观众留下了印象。

导演当然要先见过本人才决定。我们的那位章小姐，给他迷汤一灌，还有骨剩？而且请各位记得，电影一拍半年，和一个傲慢的女演员在一起很难过的。六个月的时间要面对面，还是选有可能上床的好，或者人家已经搞掂[①]了呢！

① 搞掂，粤语，办好，弄妥，完成。

章子怡之一类的女人，合同一签一定麻烦诸多。她在亚洲恶名昭彰，但美国导演并不知道她的厉害，最后决定是她主演的话，会有一排苦吃。

若真正为了戏好，由章子怡来演那个个性毒辣的反派初桃最佳，相信她绝对演得出色。

那么谁来演性格纯朴的女主角呢？她也要有不择手段争取到首席名伎的一面。照现实生活，奥运跳水金牌得者郭晶晶是人选。

不过虽然她在奥运会大出风头，但也只是有中国人的地方才有人认识郭晶晶。像日本的体育新闻，报道的全是他们自己的选手，美国人更不会知道郭晶晶是谁。

日本人这下子最没面子，听说桃井薰也接了戏，她已五十多岁了，有她份的是伎院中的妈妈生或女主角母亲之类的角色罢了。男主角本是留给演《最后的武士》的渡边谦的，但他要为日本人争光，也罢演了。最后，应该用钱掷死他，他会出现的。

对美国观众来说，一张黄面孔就是一张黄面孔，中国人、日本人、韩国人，他们搞不清的。制片家都是犹太人，算到最后一分一毫为止。用了章子怡，日本人生气是他们的事，全世界的市场才最重要。但是犹太人是数学专家，并非神仙，也有失算的时候。所谓的扩大中国市场，因盗版猖狂，所得利益并没有在不盗版的日本得到的大，加上一般亚洲观众对章子怡印象不佳，也会影响到票房，到时候在美国卖座、在其他国家惨败也说不定。

另一匹冷门马是韩国的全智贤，美国人看不到她在东方的影响力。她的美貌和演技，连一直歧视韩国的日本人也折服了，《我的野蛮女友》在各国卖得满堂红。

由全智贤来演小百合，章子怡饰初桃，杨紫琼演真
美羽，渡边谦当男主角，才是理想的配搭。

畅销小说

猜测谁来演什么角色的文章甚无聊，谈谈畅销小说
的翻译较有意思。《达·芬奇密码》全球卖了七百多万部，
目前也被台湾地区翻译出来。台湾地区的出版商实在有办
法，买到中译本的版权，但是台湾人翻译出来的东西，不
管是人名还是地名，总是缠脚布那么长，都不适合生活节
奏极快的香港读者。内地的简体字版也犯有冗长沉闷的毛
病，香港读者应该看自己的中文版本。如果台湾或内地人
买版权时顺带把香港地区的也一起购入，再卖给香港就好
了，翻译的人才我们这里有，就是市场负担不了那昂贵的
版权费。

美国畅销书虽然不是什么文艺作品，但娱乐性甚高，
至少要比某些以作家照片招徕读者的爱情小说好得多。先
引起读者的兴趣，令爱阅读的人数增广，是一个好的开始。
培养年轻读者非常重要，他们也很渴望看此类结构严密的
小说。香港出版商，别老是给他们看如何减肥的书！

周迅，暗暗钦佩

国内一份畅销周刊要颁一个奖给周迅，由我递到她手上。

凡是这种典礼，工作人员总觉不安，虽然还有很长时间才轮到我们上台，也要一早把我们赶到台下等候。周迅没有耍大牌，听话照做。

但是，等候时避不开闯上前要求合照的粉丝，也有其他传媒临时要做访问，人数众多，又没有组织，不胜其烦。

周迅客气地一一答应对方的要求，给足活动主办方面子之后，就一溜烟地跑回休息室。不管工作人员怎么催促，没到最后一分钟，她绝不肯出来。

我看了暗暗钦佩。这种态度绝对正确：先礼让，接着便坚持原则，什么脸都不给。

颁奖典礼终于完毕，本来大会准备了夜宵，但周迅说要去我有份参与的"粗菜馆"吃东西。我打了一个电话给老总崔明贵，他是我在嘉禾年代的老同事，说什么都行。

我们一群人涌到闸北的那家"粗菜馆"，这家的装修不及徐家汇和外滩的，但听说师傅较为资深。炒猪杂先上，这是招牌菜，周迅和她公司的同事吃得津津有味，一点也不怕胆固醇含量高。待崔老总赶到，我叫他亲自下厨另炒一碟，比较一下，还是他的厨艺高超。见众人吃得高兴，崔老总几乎把整间店的菜肴都搬了出来。

我们已经开始咽不下了，周迅说还想吃小时候吃过的猪油拌饭。这是上一辈人苦时候的美食，想不到周迅也试过。猪油很香，大家又连吞三大碗。

一边吃东西一边聊天，发觉金庸先生没有说错，他告诉我周迅是位性情中人，大癫大肺[①]，重情义，扮女侠不必靠演技。

① 大癫大肺，粤语，没心没肺。

周迅也喜欢参加慈善活动，会到乡下帮助贫困儿童。香港的艺人早已卷起这种热潮，内地演员较少做这些事。周迅形容，小孩子们第一次看到一桌子的菜时，两只眼睛水汪汪的，感动得眼泪快要淌下。她一面说一面扮演那些小孩子，神情像到极点，她注定是吃这一行饭的人。

舒淇，始终都有一份真

舒淇的化妆品广告到处可见。很显然，大家已经接受了她。

是呀，她是演脱衣服的三级片出身的。但脱衣服又何妨？三级片又何妨？

演过三级片后是否能被大家接受，完全要看演员本身的自信程度。

舒淇工作时全神投入，本人个性开朗，和她聊天，总有清新的感觉。她那青春气息迫人而来，让人很难抗拒。就算她做尽天下坏事，还是会有一份真。

那时，我们一共只见过三次面。第一次是文隽约打麻将，说有个搭子叫舒淇。一看，才知道是个女的，我还以为文隽说的是那位影评家。

打错了一张牌，就呱呱大叫，拼命骂自己，这就是女舒淇了。

第二次，她上我的清谈节目。事后的调查报告说，她给人的印象最深。

第三次是我一个在日本留学时的同窗——他到巴黎去流浪了十几年，成了名摄影师——他办了一本时装杂志，要找明星做封面。我介绍了舒淇，约好只给他两个小时拍照和做访问。结果舒淇主动地把时间腾出来，约好翌日再好好地拍过；因为从和我那友人的谈话中，她了解到他的诚意。

我监制的那部《B计划》也找了舒淇演女主角，她造型和试镜时我不用出场，我知道她一定行的，一切交给导演拿主意好了。

另一位纯洁可爱的演三级片出身的女演员是李丽珍，她后来嫁人生子去了。我对她的印象也极佳，要是她留下的话，在影坛定会有更辉煌的成绩。

多少好莱坞大明星都不认为脱脱衣服有什么大不了的。如果她们说要洗底，西方的报刊评论还会以为她们神经错乱呢。

　　香港观众的水平并不高，本来让人有点失望；但是另一方面他们却能接受舒淇，可见胸怀比东南亚地区的观众广阔得多，是值得称赞的。

三级片明星：我是演员

女主角

数年前在日本的一本报刊中看到几幅裸女照片，相中人身材傲人，成熟得诱人。

但是此类照片每个星期都出现，市面上数十本同样的报刊，每期至少介绍两三位，这个相中人又有什么出奇之处？

不同。身体完美的有的是，但这个女人长得干净、美丽，一点庸俗味道都没有，气质非凡，像是要她脱光衣服拍写真，是一件不可能的事。

报刊上只登着她的名字，缺少她的一切信息，我就打电话给摄影师，道明来意，说要拍电影，想请她当女主角。

"为什么偏选中我？"见面的时候，这是她第一个问题，而不是先问我付多少报酬。

"在香港电影圈中找不到像你一样的人。"我回答得坦白，她能接受。

"需不需要和监制、导演上床？"她问得直接，再插一句，"如果剧本好，我并不介意。"

"导演我不知道，这是你们两人的事。"我说，"监制不必，我们只当你是商品，商品不能乱动。"

这答案她似乎也满意，她深深地一鞠躬："好，看了剧本再说。谢谢你给我一个机会。"

一个星期后，我得到她的回音："故事好，角色不错，我会尽力去演。最后还有一个问题，不知道你们会花多少钱去拍这一出戏？"

"港币七百万元。"我说。

按当年的汇率，这些钱折合一亿日元。

"你们肯花那么多钱，表示这不是一部普通的成人电影，我很乐意接受这个挑战。"她说，"不过我要带自己的化妆、发型师和经纪人兼保姆。"

"不行。"我斩钉截铁地说，"你看过剧本，知道你要演的是一位中国民国初年的烟花女子。你的化妆师、发型师对这个年代熟悉吗？他们的造型会好过我们的吗？你要带保姆我能理解，也可以为你推挡男人的追求。”

“会有人追我吗？”她笑了。

“也许我会是第一个。”虽然难以抗拒，但也不会去碰她，只是恭维。

“谢谢。”她又深深地一鞠躬。

“中国女子从来不那么个鞠躬法的，请你从此改变这个生活习惯。”我说。

“是。”她又要鞠躬，到了一半，停止了。可见她是一个学得很快的人，我大可放心。

我是演员

抵达启德机场，她带了四大箱行李，工作人员为她搬时，重得要几个人一起动手。

“都是书。”她迷惑地问，“我搜集了中国民国初年的各种散文和笔记，还有很多那时期的小说，但是怕我们日本人翻译得不好，原文我又看不懂，怎么办？”

我不相信她会刨^①完，但仍回答：“可以问我。”

这时她才欣然地笑了出来。

　　一般女子到了香港会先去置地广场买名牌货，这个人却一味往荷李活道的古董店钻。买到了一个民初发饰，她高兴若狂，道具师要为她付钱，她坚持自己掏腰包："自己买到的，是自己的东西，懂得珍惜，更能入戏。"

　　有这么一位演员，一定拍得顺利。但是还是有问题发生了。导演说："这个女人不出门，也不吃东西，一直看书，身体愈来愈瘦，已不丰满，怎么办才好？"

　　"先拍堕落后的戏吧。"我向导演建议。

　　过了几天，接到她的电话："本来导演很困扰，现在活泼得多，我知道你替他开解了。一切都是我不好，害你们花那么多的心思，真不好意思，谢谢你！"

　　"不许鞠躬。"我说。

　　"以为在电话中你看不见呢！"她笑着说，"不会再犯错了。"

　　又过了几天，副导演兼翻译向我打小报告："不得了，这个人在吸毒，叫我帮她买大麻和蓝精灵！"

　　正在烦恼时，电话响了，是她的声音："下一场戏是要拍我失意后精神恍惚的，我的演技还是很差，怕演不出来，才要靠药物，请不用担心，没事的。"

　　再过一阵子，导演呱呱大叫："那女人忽然说要回东京一个星期，怎么办？"

"非回去不可吗？"我在电话中问她，"什么理由？"

她犹豫了一刹那，回答我说："我母亲死了，一定要回去。"

怎能阻止她？片子停拍了七天，好在损失并不大。

满脸春风地，这女人回来了。

"丧事办好了？"我问。

"骗你的。"她说。

"骗我干什么？"

她忽然拉起上衣，露出丰满的乳房。我吓一跳。

"不去隆胸，戏怎么拍得下去？"她满意地说，"请不必担心，是从腋下植入的，没有疤痕。"我不想给她看到我感动的表情，抱了她一下。

"值得吗？"我问。

"值得。"她说，"我是演员嘛。"

这次轮到我深深地向她鞠了一个躬。

「谈我喜欢的女演员」

米歇尔·威廉姆斯

"你喜欢的外语片女主角都是美人吗？"小影迷问。

"不，不，平凡的也有。像 Michelle Williams（米歇尔·威廉姆斯），她在《断背山》中的光芒完全被 Anne Hathaway（安妮·海瑟薇）抢去，观众都认不出她是谁。后来她拼命地把戏演好，像 'Blue Valentine'（《蓝色情人节》）（二〇一〇）等片子，在其中你可以看到她的成长，一部比一部进步。"

"但是在 'My Week With Marilyn'（《我与梦

露的一周》）（二〇一一）中，她一点也不像玛丽莲·梦露呀！"

"对，外表一点也不像，她却也可以把梦露的神态、小动作和那风情万种完全表现出来，这才叫厉害，这才叫美，美到连最近的 LV（路易威登）广告也要请她来拍。"

"卖皮包的那个？"

"你认出是她了？"

"真认不出。"

埃莉诺·帕克

"从前的女演员呢，伊丽莎白·泰勒？"

"那是大明星，我喜欢的都不是那些，反而是什么戏都演的，举个例子，像一位叫埃莉诺·帕克（Eleanor Parker）的。"

"她是不是演过 'Sound of Music'（《音乐之声》）（一九六五）？"

"对，但这部戏不值一提。如果你看经典台，有一部叫 'Scaramouche'（一九五二），中文译成《美人如玉剑如虹》的，就能看到她。"

"这部片子有什么特别？"

"它是武侠片的典范，有复仇、有练功、有决斗……几乎所有功夫片的元素都已经在这部片子中拍过。片中埃莉诺·帕克把角色塑造得非常吸引人，将年轻貌美的珍妮特·利也比了下去。"

"漂亮罢了，你还没说出真正喜欢她的原因。"

"在电影工厂制度下，你是一个配角就永远是配角，但埃莉诺拼命努力，逐渐冒起，还曾三次获得最佳女主角提名。她最后在二〇一三年去世，享年九十一岁。"

琳娜·海蒂

"还是谈我们这一代的吧。"

"那你看 Lena Headey 吗？"

"译成'琳娜·海蒂'的那个？"

"她名字应该发音为 Lee-Na Heedee，我们叫她为'丽娜·希娣'吧。你看过她什么戏？"

"在当今最红的电视剧'Game of Thrones'（《权力的游戏》）里，她演女皇。她长得不美嘛。"

"对，最初看还难以接受，她的门牙有条缝，下齿也不整齐。大概小时候给人家笑惯了，她养成了一个会忽然把嘴巴紧紧合起来的习惯。"

“你怎么会喜欢她？”

“《斯巴达三百勇士》是一部讲斯巴达民族的戏，戏中男人个个强悍，国王更加英武，演皇后的如果不是一个值得国王爱上的女人，怎能说服观众？”

“你现在一说，我记起了，那部戏还拍了续集，也是她参演的对不对？”

“唔，这演员有种别的女演员没有的特别的气质，她演的角色一出现，就显得坚强、独立和武断。同时，她有时神情也很忧郁，也有脆弱的一面，这才吸引人。”

“你从什么时候开始注意到她的？”

“她十七岁，和 Jeremy Irons（杰瑞米·艾恩斯）及 Ethan Hawke（伊桑·霍克）演一部叫‘*Waterland*’（《水之乡》）（一九九二）的戏时，已露出锋芒。接着在一九九三年的文艺片‘*Remains of the Day*’（《告别有情天》）里，她挤在一大堆性格演员之中，角色虽小，却也让人留下印象。”

“她还演过什么片子？”

“在后来的‘*The Jungle Book*’（《森林王子》）（一九九四）里，她已担任女主角。她还演过一些名不见经传的电影，像‘*Face*’（《翻脸》）（一九九七）、‘*Mrs.*

品味名女子

Dalloway'（《黛洛维夫人》）（一九九七）、'Onegin'（《奥涅金》）（一九九九）、'Aberdeen'（《阿伯丁的最后之旅》）（二〇〇〇）。到了二〇〇五年，她和 Matt Damon（马特·达蒙）、Heath Ledger（希斯·莱杰）合演'The Brothers Grimm'（《格林兄弟》），《旧金山年报》的影评家 Mick Lasalle（麦克·拉塞勒）说她性格豪爽和有张令人不可抗拒的脸，尤其是她的微笑，暗示着智慧、诚信和调皮。"

"你这么一说，我还记得她演出过电视剧的'Terminator'（《终结者》）。"

"对，那部剧叫'The Sarah Connor Chronicles'（《终结者外传》），她演那坚强的母亲。这部剧一共拍了两季、三十一集，她还因之两次得到电视剧最佳女主角提名呢！"

"之前她在电影中演过反派吗？"

"在一部重拍的讲机器人警员的，叫'Dredd'（《特警判官》）（二〇一二）的 3D 电影里，她演大毒枭，角色名叫'妈妈'。"

"说回《权力的游戏》，她的皇后角色令人难忘，一出场就有裸体戏。"

"何止，对第五季的终局篇，人们谈论最多的是琼恩·雪诺的死，以及女皇被脱光衣服当众游行的情节。"

"那场戏很难拍吧？"

"她在拍《斯巴达三百勇士》时说过：在两百多个工作人员面前裸露，放映时还有更多人来看，这的确是一件让人难以接受的事。但剧情需要，而且又拍得有品位，拍了又如何呢？不过，拍《游戏》第五季这场戏时，她是用的替身，但加上当今的特效，是看不出来的。"

"既然已豁出去过，为什么这次不自己来呢？"

"她当时怀孕，已大了肚子。"

逼上梁山的女打星

自从有了《黑客帝国》，好莱坞开始大量制作西方功夫片。起初都是男的在打功夫，观众看得有点闷了，就出现了女人的花拳绣腿。

留不下印象的女打星

《霹雳娇娃》那三个女主角，根本不会打，被观众当成笑话看，但电影也拍了两集。

后来的《杀死比尔》，标榜了导演，女主角不受重视，也没给我留下什么印象。

但是美国女性人权意识高涨，没有她们来担当，说不过去。

打片拍得最多的女明星是俄罗斯人 Milla Jovovich（米拉·乔沃维奇），她九岁就开始上镜，是个名模，后来给 Luc Besson（吕克·贝松）看上了，让她在 "The Fifth Element"（《第五元素》）中打。Besson 后来娶她做老婆，为了证实她也能演戏，给她拍了一部新《圣女贞德》，但一败涂地。

和 Besson 离婚后，Milla 不停地拍动作电影，有电子游戏改编的 "Resident Evil"（《生化危机》）、"Mortal Kombat"（《格斗之王》）和漫画改编的 "Ultraviolet"（《致命紫罗兰》）。戏中她拒绝使用武术替身，危险动作都亲自上阵，但可怜到极点，她的表现还是说服不了观众。

到底，文戏没有武戏卖钱，得过奥斯卡金像奖最佳女主角的 Charlize Theron（查理兹·塞隆）也当上了女打星。在科幻片 "Aeon Flux"（《魔力女战士》）中出现，造型古怪，观众认不出是她，也记不清楚剧情。

凯特·贝金赛尔

所有逼上梁山的女打星，给我留下最深刻印象的还是 Kate Beckinsale（凯特·贝金赛尔）。

如果你想不起她是谁的话，我告诉你，《珍珠港》的女主角就是她。当年看这部电影，我也认为她不够美，不值得让两个男主角为她牺牲生命；但是后来看她主演"Underworld"（《黑夜传说》），扮个女僵尸，就爱上了。

较有说服力的是，她在"Underworld"里只用机关枪，不出拳脚；一身黑皮衣服包得紧紧的，反而显出美好的身材。导演是她的丈夫 Len Wiseman（伦·怀斯曼），在第二集中还给她一场床上戏，虽然不露三点，但每个角度都暗示她的全裸，观众都将她捧为天人。

Kate Beckinsale 生于一九七三年，英国籍。她父亲 Richard Beckinsale（理查德·贝金赛尔）也是个演员，曾经在一部叫"The Lovers！"（《情人们！》）的戏中出现，在三十二岁时死于非命。

她父亲的祖父是个缅甸人，所以 Kate Beckinsale 的样子总有些异国味道，也留一头的黑发，不像纯种的英国人。

年轻时，她就读牛津大学，主修法文和俄文；曾经写过短篇小说和诗集，也赢过两次 W.H.史密斯文学奖。

　　她十七岁被 Kenneth Branagh（肯尼思·布拉纳）选为莎剧"*Much Ado About Nothing*"（《无事生非》）的女主角，从此走红影坛。虽然她在《珍珠港》中不受重视，但这部戏在美国的票房还是站得住的。

　　她的戏一部接一部，除了演吸血僵尸之外，她还拍了杀死僵尸的戏"*Van Helsing*"（《范海辛》）。她最新的一部电影是"*Click*"（《人生遥控器》），香港翻译成《命运自选台》，她演男主角亚当·桑德勒的太太，但是相信你看完也不会对她留下什么印象。还是找回"*Underworld*"的第一集和第二集的 DVD 去看吧，那是专门拍来捧她的戏。

　　当今她和现任丈夫 Len Wiseman 一起住在加州的一个叫威尼斯的小镇，她说那地方像英国，令她想起家乡伦敦。

　　她已经有一个女儿，是和她前夫 Michael Sheen（迈克尔·辛）生的。明星当红之后，小报和杂志都要挖她的丑闻，她说："我一生也只有和两个男人好过，有什么可写的？我家周围那些家庭主妇的私生活，比我烂得多呢。"

这个女子，也常妙语连珠："如果有人一早告诉我，幽默能维持一份感情的话，我年轻时和男人就不必靠睡觉来沟通了。"

她的烟抽得凶，抽的是法国那种浓得要命的烟。当今谁劝她，她也不肯戒掉："我又不喝酒，抽点烟有什么关系？生命没什么意义，若连这点快乐也没有，我会闷死。你管你自己的事吧！"

二〇〇九年奥斯卡金像奖最佳女主角奖为凯特·温丝莱特（Kate Winslet）所得，她的演技不成问题，但说到美，却非什么绝色佳人，身材更是略胖，所以港人冠以"肥温"之名。

给她颁奖的索菲娅·罗兰（Sophia Loren）有张大嘴巴，雪莉·麦克雷恩（Shirley MacLaine）是个傻大姐，玛丽昂·歌迪亚（Marion Cotillard）平凡到极点，妮可·基德曼（Nicole Kidman）年轻时还有几分姿色。唯一的黑人颁奖嘉宾哈莉·贝瑞（Halle Berry）身材突出，曾经在"007"系列中闪耀，但她给观众的印象是永远哭丧着脸，从来没有美过。

　　谈到黑人美女，应该首推歌星碧昂丝·诺尔斯（Beyonce Knowles），她的容貌是黑人女人数千数万年来最漂亮的。她本来身材也极佳，但嫁了人后逐渐肥胖，那条大腿足足要比我的腰围粗。

　　今年也参加"华山论剑"的有安吉丽娜·朱莉（Angelina Jolie），众人只记得她那两片厚唇。在好莱坞，一红起来，就有很多剧本给你选择，那些大牌明星一年总要拍一两部有可能得奖的戏，投资人亏光了也不关他们的事。公道地说一句，朱莉充满爱心，做了很多慈善事，还是值得赞扬的。

　　逝世了的美女奥黛丽·赫本（Audrey Hepburn），又清秀又美，但她不是让你想要娶去当老婆的那种女人，因为在她身上找不到一点性感。

　　另一个演技精湛的赫本叫凯瑟琳（Katharine Hepburn）。人家都说"年轻无丑女"，但她年轻时也丑，身材比飞机场还要平坦。

　　最美的西方美女应该是格蕾丝·凯利（Grace Kelly），她在很多戏里扮丑妇，怎么扮都不成功。显得她最漂亮的是一部叫"*To Catch a Thief*"（《捉贼记》）的戏；更有一部叫"*Rear Window*"（《后窗》）的，在这部戏里她不但美，还骚到骨子里去。导演希区柯克一定爱她爱得要死，又不敢讲出来，从那些没有裸露，但处处表现情欲的镜头中可以看到这一点。

最美的，如果我说是"肥彭"的三个女儿，应该没有什么人会反对。不过东方女人耐老，西方的随着年龄增长变化极大。几年不见，当今她们可比她们的父亲还要胖了吧？

她最像我从前的女友

　　亚洲的女人中，中国的，香港的嗜权、台湾的撒娇；外国的，日本的压抑、泰国的服从。她们各有不同的个性，当然不能一概而论，但特征基本如此。

　　其中我最迷恋的，是韩国女人。

开朗美丽的韩国女人

　　第一，韩国女人是全亚洲中最美丽的，在韩国街上走，一个小时之内会遇到三个漂亮的。中国台湾的女人，三个小时中能遇到一个长得好看的；但日本女人，三天能看中一个，算你好彩[1]。

① 好彩，粤语，运气好。

虽然，大家都说当今韩国整容技术发达，韩国女人都是人造美女，个个都割过双眼皮。但是在四十年前，他们全国还处于穷困中的年代，只有极少数人有钱到可以去日本动手术，而那时一般的韩国女子，已很漂亮。

如果强辩说其他国家有更多的美女，那么，也必须承认不管韩国整容技术多么发达，也不能改造整个身体的结构。一般的亚洲女子，和其他大洲的，尤其是南美洲的一比，就明显地看出缺点。人家的是腰短腿长，亚洲的刚好相反。腰一长，屁股就有垂了下去的感觉；腿一短，穿起牛仔裤来更是不像样。韩国女人个子比较高大，她们的细腰长腿，绝对不是任何整容手术能够做手脚的。

第二，她们在个性上多数是开朗的，大情大性，爱得如火，恨得似仇，和日本女人的阴沉有强烈的对比。自古以来，韩国的女性人口都为总人口的三分之二，她们也养成了服侍男人的传统；而且虽然她们已成为社会经济的支柱，但她们绝不像中国香港女子那般处处抢男人的风头，一向是默默地耕耘。

强烈的个性令她们敢爱敢恨，直到今天，还可以在韩国街头看到两个女人互骂或打架。当然也见过她们被男人掴了一巴掌后不出声。好在现在已是女权复活，再也不见她们过分地被男人欺压。从前在大排档中，男性大学生坐下来就吃东西、喝酒，女同学则抱着他们的书本，站着没有东西吃的现象，现在已不复在。

二十世纪六七十年代中，中国香港和台湾地区的电影界到韩国去出外景的例子很多。从演职员的口中，我听说过他们半夜三更被声音惊醒，发现是女朋友正在替他们洗袜子的事情。这种情形没有发生在我身上过，但梦中感到似乎有人在抚摸我的脸，醒来发现女友正含情脉脉地望着我，倒是亲身的经历。会被如此对待大概是因为我们不像韩国男人那么粗鲁，有如我们听到苏州女子吴侬软语，我们也让她们感到特别柔顺之故吧。

韩国女子做起爱来，也明显地和亚洲其他国家的女性不同，多数如其个性一般地强烈。也许是想为对方生出一个男孩的传统思想作祟，她们狂放，简直像非把男人的最后一滴精液也挤出来不可。一个不出奇，遇到的几位，都是这样。

韩国女星的风情

也许你没有机会亲身接触到韩国女人，那也只有在银幕上分享一点她们的风情了。

最具代表性的有三个：李英爱、全智贤和全度妍。

李英爱像她演的《大长今》中的角色——坚强和好学，当今这样的韩国女子或者较难遇到，但我早年去韩国旅行的时候，认识的女子都有好学的品质。她们认为能够有一门技艺才是美德，大多数会一点唱歌和舞蹈，插花、缝织等爱好也培养了出来。她们连送上一个烟灰碟，也要先将一张浸湿了的草纸铺在里面，好不让烟与灰飞散。

　　但是李英爱那种过于贤淑的个性，也给男人一种冷冰冰、不容易亲近的感觉。如果娶这么一个女人当老婆，她过于追求完美的态度，会让日常的生活情趣少、较为枯燥的。

　　全智贤代表了现在的韩国少女：她们不会服侍男人，她们拥有青春和美貌；但一旦爱情冷淡，性生活已感到乏味时，她们就和亚洲其他国家的女人相同了。这种女子缺乏传统的教养，步入中年之后，将会变得庸俗。

　　样子最像我从前的女友的，是一位叫全度妍的演员。她一见时并不觉得美艳，但清纯可爱，愈看愈好看，用韩国人对她的评价最为适合：有气质，演技派，能迅速适应新的角色，像变色龙一样深入人心，有一双懂得阅读观众心理的慧眼，身上发出的香气像菜花的一样清淡。

全度妍这个名字不像是为了进演艺圈而改的，她本名就是全度妍。她一九七三年二月十一日出生，高一六五厘米，体重四十五公斤，水瓶座，O型血，毕业于首尔艺术大学艺术广播电影专业，爱音乐，弹得一手好钢琴，后来还到高丽大学研究院学习乐理知识。

她主演过《伤心街角恋人》《约定》《记忆中的风琴》《快乐到死》《求偶一支公》《无血无泪》《人鱼公主》等片子。《丑闻》改编于西方影片《危险关系》，全度妍演米歇尔·菲佛饰演的角色：端庄的淑女被多情郎玩弄，最后自尽。戏中全度妍和男主角裴勇俊有很大胆的性爱镜头，她演得自然，一点也不介意裸体。

在后来的《你是我的命运》一片中，她演患了艾滋病的妓女，容貌平凡，却让人愈看愈爱上她；等到她一笑，那样子更是进入了无数人的心坎。出众的演技，让她得到了相当于奥斯卡金像奖的韩国影展最高荣誉。领奖时，她穿一件白色的晚礼服，胸口绣花，其他部分半透明；她忽然露出乳尖，大家都以为是走光，但我想她是故意的。在这人生最重要的一刻，给众人看到大家最想看的，又何妨？

韩国女人，就有这种气度，怎教人不迷恋呢？

为潜水而生的女人

正常的女人我当然喜欢。有病态的也照收不误；身材娇小玲珑我不介意，腰细屁股翘起的巴西式女人也很好呀；有一种不太美但高大的，一如英文中形容为"英俊"的，我也能接受。

另外有一种，面貌冷酷漂亮，一头长发，但又是运动型的女人，也令人爱得要死。典型的是一位叫奥黛莉·梅斯特的法国女人。

干什么的？也许你没听过，她是一位自由式潜水家。

什么叫自由式潜水家？

《这个杀手不太冷》的导演吕克·贝松的成名作"The

Big Blue"（《碧海蓝天》）就是描述这种运动的——不背氧气筒，潜水家能潜多深是多深。自由式潜水在二十世纪六十年代兴起，当今已是一种具有特殊文化含义的运动，非常流行。

一般的潜水比赛是参赛者拉着一根绳子潜入和浮上的。奥黛莉参加的那种叫"无界限"的，是乘着重机沉下，等到剩最后一口气时打开一个救生圆球浮上来。用这种方式，潜水家能潜到最深，保持一百六十二米的世界纪录的是古巴人裴瑞拉斯。

奥黛莉生长在一个靠捕鱼为生的家庭，从小学会潜水，在墨西哥大学专攻海洋学，研究人类在深水时的血液变化，后来遇上了裴瑞拉斯，并嫁给了他。这些年来，她一直和丈夫竞赛，想打破他的纪录，去年她已能潜到一百三十米深。

最后这次比赛，奥黛莉潜到一百七十一米，比丈夫的记录多了九米。在这种深度下，心脏一分钟只跳动二十下，肺部会缩得只有一粒橙那么大，绝非一般人做得到的。

结果，奥黛莉断气了。

唉，那么美的一个女人，才二十八岁！她如果多活几年，我们也许有一天能碰上。真可惜！

「爱吸血僵尸，就读安妮·赖斯」

从录音书中，我听了很多本 Anne Rice（安妮·赖斯）的小说。此妹最擅长写吸血僵尸。题材虽通俗，但文字清新，富有诗意，听起来比阅读精彩。

最出名的是处女作 Interview with the Vampire（《夜访吸血鬼》），被科波拉改编成电影。大导演选出来的故事，不会坏到哪里去。

从此她写了一连串的作品，称为"吸血鬼史诗"。作者乐此不疲，不断地写这一类小说，最近的作品有 Blackwood Farm（《布莱克伍德庄园》）和 Blood Canticle（《血颂》）。

那么多书之中，我最喜欢的是 *Violin*（《小提琴》）。她从一个丈夫刚去世的妇人写起，如痴如醉地描述那女人内心的空虚和痛苦，不能自拔。直到有一天，那女人听到楼下有个黑衣人拉小提琴，才知道自己前世的一段和魔鬼的恋爱。

听这本书的时候，同时播放柴可夫斯基的"*Violin Concerto in D. Op. 35*"（《小提琴协奏曲 D 大调（作品 35）》），是人生一大快事。

Anne Rice 生长和生活在新奥尔良，她的很多小说都以此地为背景。除了说故事，她对历史、宗教、哲学的研究也很深，并以此为骨干，写出人生、幻想和灵界，摄人心魂。

Anne Rice 是她的笔名，用来写吸血僵尸题材的小说，她用真名 Anne Rampling（安妮·兰普林）写爱情小说。给女儿读《睡美人》启发了她写童话，这时她又用一个不同的名字——A. N. Roquelaure。

Roquelaure 是一种十八世纪的斗篷，A. N. Roquelaure 代表了穿上斗篷的 Anne。

Anne Rice 出生于一九四一年，一九六一年和诗人 Stan Rice（斯坦·赖斯）结婚后跟夫姓。她的一个女儿五岁时死于白血球癌，也许这是她写那么多黑暗故事的根源。她的儿子 Christopher Rice（克里斯托弗·赖斯）后来也成为小说家。

丈夫在二〇〇二年死去后，她说了一番话："作为一个作家的好处，是可以把自己的悲哀化为灵感，写故事消除读者的悲哀。"

张爱玲对谈苏青

我常说人素质的高低，从谈话之中即能分别出来。今天重读张爱玲和苏青的访问，更觉得我的话没有错。

有个记者约了她们对谈，地点在张爱玲的公寓，让她们讨论的是职业、家庭和婚姻的问题。

一开始，苏青就滔滔不绝地发表她的理论，说职业妇女太辛苦了，没家庭主妇那么舒服，工作之余还要操持家务，男人还要千方百计去抢她们的饭碗。

张爱玲听了只是简单地说，社会上人心险恶，本来就是那样。

苏青又用一大堆话来支持自己的论点，张爱玲淡淡地说："我不过是说，如果因社会上人心坏而不出去做事，似乎是不能接受现实。"

苏青再诉苦一番，又说职业妇女的丈夫会被喜欢打扮的女人抢去，岂不冤枉？

张爱玲说："可是你也同我说起过的，常常看到有一种太太，没有脑筋，也没有吸引力，又不讲究打扮，因为自己觉得地位很牢靠。和这种女人比，还是职业妇女可爱一点。和社会接触得多了，时时都警醒着，对于服饰和待人接物的方法自然要注意些。不说别的，单是谈话资料也要多些、有趣些。"

关于金钱，苏青认为用别人的钱快活。张爱玲说，不如自己赚来的花得那么痛快；不过用丈夫的钱，如果爱他的话，那是一种快乐。

苏青又批评那些抢人丈夫的女人，都不到社会上做事。张爱玲说："有些女人本来是以爱为职业的。"

苏青说，这对兼顾家务和工作的女人不公平，卖淫制度不取消，会影响到婚姻。张爱玲说："家庭妇女有些只知道打扮的，跟妓女其实也没什么不同。"

讲到家庭和孩子，苏青长篇大论，还是张爱玲聪明，她没经验，不出声。

作为作家的刘若英

　　喜欢一见不美艳，但愈看愈耐看的女人。中国有徐静蕾和刘若英，她们的共同点是都有理想，智慧又高，除了当演员，还在其他多方面发展。

　　刘若英的《我想跟你走》，我一口气看完，感觉像一个新朋友，把身世向你娓娓道来，感到亲切。

　　一般中国台湾地区的作者文字都太过沉闷，一句话用了二三十个字也不断句。刘若英的文章没有这个毛病，文字清新可喜，内容又可读性极高。

　　《我想跟你走》从她的老家搬迁的事讲起，讲到在她两岁时就已离婚的父母，其中出现了不少令人沉思的话：

"在一起的时候，需要两个人做决定；分手的时候，只需要一个人。什么都没有发生，同时什么都无足轻重；然后你发现，原来生命就是如此……"

对父母的离异，作者并不觉得苦涩。她小时候还有点误会，长大了对这件事才有了深切的了解。又因为刘若英，她的父母会偶尔走在一起，她看到了，就会像小孩子一样顽皮地说："吼——约会被我抓到！"

她描写婆婆不肯丢掉一生的回忆、老管家的恶毒和祖父秘书的忠心，人物都活生生的，令人感动。她写友人的遭遇，还把故事拍成了电影《生日快乐》。

有些女作者也记载过身边的人物，但是读者不关心，认为"这是你家里的事"；但读者从刘若英的文字中看到这类故事，就受感染，这是为什么？完全是因为她的真挚、毫不造作。

她能讲的就讲，不然就轻轻带过。像描写自己的恋人，篇幅不多；讲到自己的事业，演唱方面多过演戏，刚出道时的惶恐和焦急，都写得引人入胜。刘若英还写到宣传时摄影师要她少穿一点衣服，老板要她提供花边新闻，但她坚持自己的原则，心甘情愿地做一个"隐形艺人"。

张艾嘉选这个徒弟，眼光独到。她们都是慢热的，都很有气质；她们并没有一炮而红，但在艺术生涯中，可以走得很长、很远。

「追随亦舒，就先读读萨冈」

萨冈死了。二十世纪六十年代的美好，跟着她一起被埋葬。

《你好，忧愁》

她十八岁那年，只花了几个星期的时间，写了一本迷惑年轻人的书，叫《你好，忧愁》（*Bonjour Tristesse*）。

故事说一个少女，她感到莫名其妙的空虚，而推动她活下去的，只有如何去摧毁父亲女友的生命这件事。

萨冈和小说女主角一样生在一个富有的家庭。写这本书时她刚刚被就读的修道院女校开除，在这种情况下，别的女子也许只会失望和愤怒，只有萨冈用清新的笔调写出了她的幻想。

所有思春期少女们的寂寞和对爱情的憧憬，都被萨冈描述了。这本小说即刻被翻译成二十二国文字，迄今在全球卖了五百万部。

争议

之后，萨冈没有停过，不断地写新的小说和舞台剧本，她的一举一动皆受争论——她爱赌博和开快车，吸毒和逃税的丑闻也时常出现。

萨冈在她一生中说过很多意味深长的话：

关于爱情："每一个少女都知道爱情是怎么一回事。当爱情消逝时，她们用与生俱来的雅量去忍受。"

关于感情："对于妒忌，没有一种表现比大声笑出来更恐怖。"

关于艺术："艺术应该把现实化为惊奇。"

关于文学："我认为文学应该忠实于人生。其实人生是无定形的、无组织的、模糊的，而文学一向是规规矩矩的，完全不同。"

关于音乐："爵士音乐的精髓在于不在乎。"

关于衣着："女人的衣服根本毫无意义，除非它是会让男人想把它脱下来的。"

评价

萨冈从来没有得过什么文学奖，得奖对她来说一点也不重要。她写她喜欢的东西，就可以了；她的作品读者也喜欢，那比任何奖都能证明萨冈是对的。

当《你好，忧愁》出版时，所谓的严肃文学批评家说："那只是一个业余写作人的作品。"

当然，萨冈不是简·奥斯汀那一级的人物，不过她的出现打破了守旧的教条：并不是一定要有什么文艺贡献才能说是好小说。她让许多少女有勇气去想到什么就写什么。她死后，法国前总统希拉克也说过："她是在她的年代中的一个引领潮流的人物，为女性提高了地位。"

还有人说："萨冈是一种微笑，充满忧郁，但极有活力；她是一种看起来很遥远的微笑，却是一种让读者得到欢乐的微笑。"

小说改编成电影

萨冈的第二本小说，书名为《某种微笑》（*A Certain Smile*）。

她这两部小说都被好莱坞改编为电影。《你》（一九五七），由大卫·尼文（David Niven）演父亲，情人的角色给了黛博拉·蔻儿（Deborah Kerr），而少女是珍·茜宝（Jean Seberg）饰演的，导演为大师 Otto Preminger（奥托·普雷明格）。

《某》（一九五八），男女主角的演员分别为 RossanoBrazzi（罗萨诺·布拉齐）和 Joan Fontaine（琼·芳登），少女的演员是 Christine Carère（克里斯蒂娜·卡雷雷）。电影主题曲得到该年的奥斯卡金像奖，演唱的是一个叫约翰尼·马西斯的黑人。他的声音如胶如绸，让人听出耳油来。

萨冈的第三部小说《你喜欢勃拉姆斯吗……》（*Aimez-vous Brahms?*）鲜为人知，也拍成了电影，有些地方上映时用了原名；但美国乡下佬死蠢，好莱坞只有将电影名改为"*Goodbye Again*"（《何日君再来》）（一九六一）。这部电影说的是一个中年女人爱上个少男的故事，男女主演分别为英格丽·褒曼（Ingrid

Bergman）和安东尼·博金斯（Anthony Perkins），
导演为 Anatole Litvak（安纳托尔·李维克）。电影是
黑白片，其中有一幕少男点满蜡烛欢迎情人的戏，让这部
电影成为用蜡烛用得最好的电影。

萨冈其人

有传闻说萨冈做过法国总统戴高乐的情妇，那没有
什么根据。总统喜欢，萨冈好奇，即便她和他睡一觉，也
和握手一样，没什么大不了。她嫁过两次是事实，第一任
丈夫是出版商 Guy Schoeller（盖伊·舍勒）。第二任
丈夫是美国的 Bob Westhoff（鲍勃·韦斯特霍夫），
他曾为她把 *La chamade*（《狂乱》）和 *The Heart
Keeper*（《心灵守护者》）翻译成英文出版。萨冈和他
生了一个儿子。

至于萨冈是本名还是笔名呢？原姓 Quoirez（奎雷
兹）的她，自小喜欢看 Proust（普鲁斯特）的作品，在
Proust 的一本叫《追忆似水年华》的小说里，有一个角
色姓萨冈，她自此取得这个笔名。

佩服

二十世纪五六十年代，中国香港有一位很出色的专栏作家叫"十三妹"。她在文章中常提起萨冈，还羡慕外国小说的市场，写一部书可以让一个小说家吃够一世。

亦舒写小说，不能说没有受到萨冈的影响。香港后来那群女作家追随亦舒，为什么不去看看老祖宗萨冈的作品呢？

重读《你好，忧愁》，觉得它没有过时，文字也是优美和流畅的。从前的译本大概已经绝了版，出版商为什么不乘这个时间推出重新翻译的书来呢？

最佩服萨冈的是她那句话：

"我曾经疯狂地爱过。平常人认为的疯狂，对我来说是爱一个人唯一理智的方法。"

「美女厨师麦洁儿」

女人当厨子，我不觉得有什么不行，尤其是当西餐的厨子。做中餐的话，女人抛大镬时缺少力气，但这个问题也能通过用小一号的铁锅克服。

我认识数名女师傅，她们做菜皆细心，与男大厨的风貌又不同。虽说这世界男女不够平等，但男、女大厨绝对可以说各有千秋。

Kit Mak（麦洁儿）在《美女厨房》等节目中出现过，大家对她的印象是"美女"二字，反而看不到她的特长。直到她来参加我节目的拍摄，我们又一起去广州表演厨艺，我才对她另眼相看。

第一，她的好奇心极强，这是做任何事都最需要的。看她把未试过的菜式都送进嘴里，吃得津津有味，我就知道她对求知识，是热心的。第二，此人好酒，我拿去的那瓶烧菜用的清酒"十四代"，她一见到，即把做菜剩下的大半瓶咕噜咕噜一口喝完，接着又把那瓶只用过几滴的威士忌也干掉，面不改色。

欣赏吃的东西的人，如果酒量不佳，不能称之完美；一个美食家，若不懂得下厨，那只能说是半个。Kit Mak 酒量好和懂得下厨这两点都能做到。

一般的食谱，出得太多，书店架上排列得满满的。取下数册，回家一看，大同小异，文字又枯燥，毫无趣味性可言。

新书《美味的童话》，Kit Mak 和写作人林伊洛合作，她提供美食的做法，林伊洛讲爱情故事，文章清新可喜，值得一读。

全书分成四章：第一章《你是谁？》，第二章《爱你还是他？》，第三章《当虚幻变成真实时》，第四章《要得，便要先舍得》。

自情节之中讲出中西餐文化的异同，另加上食谱的点缀，再述少女恋爱的情怀，《美味的童话》比一般平凡的爱情故事精彩得多。

　　《美味的童话》主题是"爱的勇气"，也配合了尝试做菜的勇气，其实两者是一样的。最近微博上，很多年轻人对这两样东西都感兴趣，我会推荐大家去看这本书，也减少了他们对我的发问。

新井一二三
——充满震撼力

　　很久之前看到一本叫《心井·新井》的书，就知道是新井一二三的作品。

　　一口气读完。看介绍，她还有《东京人》《读日派》《可爱的日本人》《东京的女儿》四本新书。

　　以为新井回到东京后会做一个家庭主妇，想不到这几年来她还是不断地创作。看她的书好像又遇到了老友。认识她是在她住在中国香港那一段时期，十几年前了吧？

　　日本女人能讲流利的普通话或广东话的不少，但能运用汉字写作的只有她和一条小百合了。两人的文风不同，各有所长。

新井一二三的文章总是清新可喜的，最主要的是那一份"真"。从来不把读者当成陌生人，这一点很"假"的女作家做不到。新井写作好像在和一个爱她的叔叔或阿姨聊天，无所不谈，很坦诚，甚至毫不造作地轻描淡写她曾经在铁路桥下面给老汉摸过胸部。在另一篇文章中，她说的是在深圳打胎的过程，没有遮掩，也没有修饰。文字的震撼力，就是那么产生出来的，这不是一般的写作人做得到的。

在《东京的女儿》中，新井讲的东京各地，我都去过。而且还有一个巧合，就是我们曾经做过邻居，那是数十年前的事。

那时新井家的家族生意开在东中野车站，我就住在大久保和东中野之间的地区。后来新井的爸爸在东中野开酒吧，我记得东中野的酒吧我也经常光顾。

现在新井已生了一个儿子和一个女儿，居住的国立市是我从前某任女友的公寓所在。下次遇到新井，我可以和她谈起国立市的那些木造的建筑是怎么一个形状，对东中野的"朝日鮨"又是怎么一种印象了。

她来自江湖

———

何铁手

记得在查先生墨尔本的家里做客时，刚看完新出版的大字版《碧血剑》。

"你最喜欢书里哪个女子？"查先生问。

我毫不犹豫回答："何铁手。"

查先生笑盈盈："想想，何铁手的确不错，我也是蛮喜欢的。"

《碧血剑》里，男主角袁承志的身边出现了五个女人，他说过："……论相貌美丽、言动可爱，自是以阿九为第一，无人可及。小慧诚恳真挚，宛儿豪迈可亲。青弟虽爱使小性，但对我全心全意，一片真情……"

对何铁手的印象，总是"艳若桃李、毒如蛇蝎"这八个字。当然，何铁手身为五毒教教主，没遇到袁承志之前的生活背景，一定会令到①她那么古怪。为了练功，她给父亲斩下一只手掌，本来应变得更不近人情才是，她却个性开朗。这种女子娶了之后才不会有麻烦。

何铁手是个好学之人，见到功夫比她强的袁承志就一心一意要拜他为师，对他的那几个女朋友都叫师母，解开她们的醋意。

何铁手虽然只剩一臂，但书上说她"凤眼含春，长眉入鬓，嘴角含着笑意，二十二三岁年纪，目光流转"。又说她说话时轻颦浅笑，神态腼腆，全是个羞答答的少女。

金庸小说的男主角，总是对身边的女人优柔寡断，常被他喜欢的小气鬼女友打一巴掌，脸上出现红红的五指掌印。袁承志同样也不知爱谁才好。

还是何铁手干脆，大胆向他提出："师父啊，这世上男子纵三妻四妾，实属寻常，就算七妻八妾，那又如何？"

她叫袁承志把他爱过的女人都娶了，她自己却不敢表白情意，做他的五奶，看得读者为她惋惜不已。

"和袁承志睡睡，那多好！"我说。

查先生点点头："你这个建议很有趣，反正依照她的性格，不会在意。"

① 令到，粤语，导致，使得，结果。

「肥婆小料理」

日本人把卖小食的店铺叫成"小料理"。这次我们在东京，得了一个新的经验，那是由朋友带去了新宿区神乐坂的小料理。店名叫"笹①贵"，铺面很普通，看不出什么特别。

走进去，发觉里面很狭小，第一印象是老板娘胖得占去了店铺的大部分面积。她的圆形大脸露出顽皮又可亲的笑容。站在她身后的是她的独生女儿，也是个小肥娘，十七八岁，人虽胖，但样子蛮好看。

①笹，日本汉字，同"屉"。

先洗个澡

这间店只做熟客生意，朋友来之前已打好电话，肥婆已准备好一叠秋天的和服，叫我们到浴室先洗个澡。

公众浴池是个垂死的行业，日本生活水平非常高了，现在一般人家里都有浴室，公共浴池变得稀少，"笹贵"的正对面却有一家古色古香的。

我们只是来吃东西的，又不是嫖妓，洗什么澡？但是这个想法大错特错，在热水池里泡了一阵子后，感觉饥火大旺。穿了那件宽松的和服，浆得挺直的麻料摩擦着裸身，那感觉是多么地清洁和舒服！

由她摆布

"我们有秋田来的酒。"肥婆说，"最好是喝冰冻的！"

朋友摇头，称冷酒易醉，还是烫热了的比较好。

"我说喝冷的就喝冷的！"老板娘命令。

好家伙，这肥婆真有个性！我们只好由她摆布，听她的话喝冻酒。一大口下喉，果然是甘醇，禁不住再注一杯。

肥婆看在眼里，满意地微笑。接着她给我们一人一把小铁磨和一支绿芥末茎。普通的店的芥末都是用粉捣的，但这里用新鲜的原料，而且还是即磨即食，真是高级。

"菜不要太多！"朋友说。

老板娘又不大高兴了。

我已经饿得快要昏倒："不要紧，多拿点也吃得下。"

肥婆笑着去拿菜。朋友趁她转头，轻轻地说："这下子我们可闯祸了！"

生性懒惰

② 春，粤语，卵。

③ 云丹，日语，海胆。

第一道菜是有海胆春②的"云丹"③。这是周作人先生念念不忘的东西，他写信给日本朋友的时候经常提起。

一般店里的云丹是包在紫菜和饭团里的一小块，肥婆的上桌就是一大盒。另外的贝柱、鲑鱼子等，都是一盒盒的。原来肥婆生性懒惰，把在菜市场买到的海鲜原封不动地给客人吃。

云丹和贝柱的吃法是用紫苏的叶和紫菜包束，一包一口，直爽痛快。

再下来是虾。她取出活生生的虾在水龙头下冲一冲，就摆在我们面前，一人两大尾，虾还蹦蹦地跳个不停。我们要自己剥壳蘸酱油吃，细嚼后感到甘甜无比。

朋友酒喝多了，想要一杯冰水，向老板娘请了几次，她装成没有听到，后来我又替他向肥婆说一遍。

"喝什么冰水？冰酒不是一样？！"她大声地喊。朋友只好伸出舌头收口。肥婆的胖女儿看到了，吃吃地偷笑。

后面的菜是一大盘块状的金枪鱼腹部的肉、赤贝和柚子般大小的八爪鱼。前两样是生的，只有八爪鱼是煮熟的，每人各一盘。

我们已经有点吃不动了，而且那只八爪鱼又不切开，怎么吃？

"用手撕呀！"她咆哮。

真是怪事。印象中八爪鱼是橡皮一般硬的东西，但肥婆的软得像鸡肉，一撕就开，我们从来没吃过那样柔滑的。

"现在应该喝点热东西了。"肥婆说完给我们一人一杯茶。她的茶是用茶道的绿茶粉泡的，又浓又香。那个酒喝得太多的朋友以为喝了浓茶会倒胃，就偷偷地走出门去，在近处的自动贩卖机里买了一包牛奶倒在杯里面。

肥婆伸头过来一看，喊："哪里来的？"说完捧着自己的一个大奶奶，"是不是这里挤的？"

"男人哪里有奶？"朋友说。

肥婆双手放在下阴，像在挤生殖器："那一定是这里来的啦。"

朋友大笑后道："老板娘，你整天在女儿面前讲这些荤东西，小心惹得她兴起，给客人吃掉！"

"谁敢动她一下，我就这样！"她举起发亮的大菜刀，大力斩下，一条大萝卜给她砍成两半，然后她切切切，一连数刀，萝卜变为薄薄的几十片。

再来一杯茶

"要不要再来一杯茶？"她问。

大家都喝不下了，摇头拒绝。

"老板娘，"朋友说，"我想要一些饭吃吃。"

"我们不卖饭！"她呼喝，好像被污辱，"这么好的菜不吃，吃什么鸟饭？"

这时候，谁敢吭声？她的个子那么大，手上又握着刀。

还好她的愠情是假的，一转泼辣，娇滴滴地问："要用碗吃或是包紫菜吃？"

"包……包紫菜！"朋友低声回答。老板娘叫她女儿到家里去拿。她过了一阵子才回来，手上捧着一大碗香喷喷的热饭，向友人说："吃吧，这本来是妈妈的夜宵。"我们感激地包着鱼片吃，肚肠中温暖，又是另一番滋味。

"要不要再来一杯茶？"老板娘又问，我们又摇头。她拉长了脸走开去。

　　带我们来的朋友偷偷地告诉我："她丈夫死去后，她一个人经营这家店，也不请工人，辛辛苦苦地把她的女儿送去念大学。"

　　这可真不简单，我们都敬佩这肥婆。她回来后再问："要不要再来一杯茶？"朋友们正想要摇头之前，我抢着说："好，再来一杯！"

　　我知道不听她的话，她不会死心的。果然，知道我们了解她的心意后，她又开朗地笑了。

　　"下次再来！"她的语调是命令式的，又带威胁性。我们乐意地遵命。走远，回头，还看到母女两肥婆站在门口相送。

「跳肚皮舞的巴士小姐」

我们的旅行团，在日本用的巴士都是最好的，司机全无事故记录，费用高昂，但很值得。

这种巴士都包了一名导游小姐，从上车到回酒店，她们讲解不停，又要依照客人要求唱歌，并非易事。

诡异

我们常用的导游小姐中有两个年轻的，我们到东京就调她们到东京，去大阪也要她们来客串。大家混得很熟，沟通起来也方便。这次去，不见了其中一名。她刚结婚，但也还是出来做事的呀！

"是不是有了孩子？"我问另一个。

"不，不，她已离了婚。"

"那么快？不到六个月呀！"

"发现不对，愈早离婚愈好。这是我们这一代人的看法。"她回答得干脆。

"怎么不回来？"

"她当肚皮舞娘去了。"

"肚皮舞？"我诧异。记忆中的她，没有魔鬼身材，面貌再过一百年，也称不上一个"美"字。

"是呀！我也在学，那是当今日本最流行的了。"她说。

看看她，与对另一个导游小姐的意见相同：怎么可能也去跳肚皮舞？

"在什么地方表演？"我问。

"青山。你有兴趣，今晚送完客人，带你去？"

一座商业大厦的地下室里，传出激烈的中东音乐。走进去，看到里面挤满客人，舞台上有六七个肚皮舞娘在摆动着腰。她们衣着稀薄，但并不十分暴露，肚皮和大腿可尽在眼前。有个舞娘的长发左右挥动，非常诱人。咦？那不是我们的巴士导游小姐是谁？

从台上望到我后，她向我挤挤眼，做个等等的手势，她继续跳舞。我和女伴在吧台前找个位子坐下，她也随着音乐在摇动身体，和平时看到的她不同起来。

音乐从快到慢，又由慢到快，舞娘们一个个支撑不住，走下台来，只剩下巴士小姐，愈跳愈猛，客人不断地拍掌喝彩鼓励，她用下半身向观众做出挑逗性的动作，抖得厉害。

忽然，灯光全暗，一切停止。

重开灯时，看到巴士小姐用毛巾擦着汗，向我走来。

"你怎能跳那么久？"我劈头就问。

"你以为当巴士小姐那么容易吗？"她说，"做你们的工作我虽然不必讲解，但是从出发到收工，你有没有看过我坐下来？单是靠这种脚力，我已比其他舞娘强。"

"为什么要离婚？"

① 巴仙，东南亚一带的华人用于，percent 的音译，"百分之"的意思。

"结了婚，丈夫的态度一百巴仙①转变，对我呼呼喝喝。我问他为什么，他说看到他爸爸对待他妈妈也是那个样子的。他不懂其他方式对我，给我大骂后他哭了。这时，我已确定他是一个永远长不大的孩子。我要嫁的是一个男人，不是孩子。"

最流行的肚皮舞

"你从小就喜欢肚皮舞这门艺术？"

"不，有个晚上来到这里，看到我的一个邻居在这里跳，她不过是一个普通的家庭主妇，她能，我想我也可以。"

"那么容易吗，肚皮舞？"

"依足印度舞的传统，当然很难。我们跳的是自由式，跟着音乐自由发挥。"

"客人会认为你不正统吧？"

"正统和不正统很难有界限，一切要自然、要美。肚皮舞有很多种，人家以为来自印度，其实是中东，是从伊朗、伊拉克等地方开始的，后来又有了吉卜赛人的方式。都是东抄西抄的，没有多少专业的人能看得出正不正统。"

"最难学的是什么动作？"

"摆腰最容易，会做爱的女人都懂得这个动作，豪放就是，够体力就是。摇动胸部最难，乳房是两团不可控制的肥肉。普通的女人都不知道怎么去动它，要把胸部一个向左转、一个向右转，可得学好多年才会。"

"也得要有点身材呀！"我说。

巴士小姐笑了："一开始，也有很多人向我说，你根本不是一块跳肚皮舞的料子，你太瘦了。没有的东西，我用下半身来补足。只要我摇得比其他人剧烈，观众就会服我。我当然不会自扮清高，如果说肚皮舞是纯粹为了艺术而发明的，那是骗你的。"

"为什么肚皮舞现在在日本那么流行？"

"主要的原因，是女人解放了。女人可以透过肚皮舞来表现自己，不必在办公室里替男同事倒茶。这个机会我们日本女人等了很久才来到，我终于能够脱下制服，让男人知道，我在床上的话，可以多么犀利。"

我完全同意她的见解："如果有中国香港的女人要来学肚皮舞，有什么门路？"

她拿出一张纸，写了"MISHAAL"这个名字，e-mail address: cooumikahina@ybb.ne.jp。

"发个电邮去查问好了。"巴士小姐说，"她们都乐于教导，学费不是很贵。肯学的女人，会发现她们有力量把人生改变。"

音乐又响，她向我做个飞吻，又上台表演去了。我祝福她。

「卖猪肠粉的女人」

家父早餐喜欢吃猪肠粉，没有馅的那种，加甜酱、油、老抽和芝麻。

他年事渐高，生活变得简单。用人为方便，每天只做烤面包、牛奶和阿华田；他猪肠粉就吃得少了。

我返家陪伴他老人家时，一早必到菜市场，光顾做得最好的那一档。哪一档最好？当然是客人最多的。

卖猪肠粉的太太，四五十岁的人吧，面孔很熟，总以为从前在哪里见过，你遇到她也会有这种感觉。因为，所有的智力障碍人士，长得都很相像。

已经有六七个家庭主妇在等。她慢条斯理地打开蒸笼盖子，将猪肠粉一条条地拿出来，用把大剪刀剪断，淋上酱汁。我乘空档，向她说："要三条，打包，回头来拿。"

"哦。"她应了一声。

动作那么慢，轮到我那一份，至少要十五分钟吧。看看表，我走到其他档口看海鲜、蔬菜。

今天的蚶子又肥又大，已很少人敢吃了，怕生肝病。有种像鲥鱼的叫"市壳"的鱼，骨多，但脂肪更多，非常鲜甜。魔鬼鱼也不少，想起在西班牙伊比萨岛上吃的比目鱼，当地人奢侈地只吃它的裙边。魔鬼鱼倒是全身裙边，腌以辣椒酱，再用香蕉叶包裹后烤之，一定好吃过比目鱼。

在菜摊上看到香兰叶，这种植物，放在刚炊好的饭上，香喷喷的，米再粗糙，也觉可口。的士司机更喜欢将一扎香兰叶放在后座的内饰板上，越枯的香味越浓，比用化学品做的香精健康得多。

时间差不多了吧，转回头到猪肠粉摊。

"好了没有？"问那小贩。

她又"哦"的一声，根本不是什么答案。我知道刚才下的订单，没被理会。

① 费事，粤语，懒得。

费事①再问，只有耐心地重新轮候，现在比之前又多了四五个客人，我排在最后。

好歹等到。

"要多少？"她面无表情地问。

显然地，她把我说过的话当了耳边风。

"三条，打包。"我重复。

付钱时说声"谢谢"，这句话对我来讲已成习惯，失去原意。

她向我点了点头。

回到家里，父亲一试，说好吃，我已心满意足。刚才所受的闷气，完全消除。

翌日买猪肠粉，已经不敢通街②乱走，乖乖地排在那四五个家庭主妇的后面，才不会浪费时间。

还有一名就轮到我了。

"一块钱的猪肠粉。等一下来拿。"身后有个十七八岁的姑娘喊着。

"哦。"卖猪肠粉的女人应了一声。

我知道那个女的说了等于没说，一定会像我上次那样重新等起，不禁微笑。

"要多少？"

我抬头看那卖猪肠粉的，这次她也带了笑容，好像明白我心中想些什么。

"三条，打包。"

做好了我又说声"谢谢"，拿回家去。

之后，同样的事情又发生了几次。

这回，又轮到我。

卖猪肠粉的女人先开口了。

"我不是没有听到那个人的话。"她解释，"你知道啦，我们这种人记性不好，也试过，却搞错，人家要四条，我包了三条，让他们骂得好凶。"

我点点头，表示同情。收了我的钱，这次由她说了声"谢谢"。

再去过数次，开始交谈。

"买回去给太太吃的？"她问。

"给父亲吃。"

卖猪肠粉的女人听了，多添了一条给我。我推让说："多了老人家也吃不下，别浪费。"

"不要紧，不要紧。"她还是塞了过来。

"我们这种人都是没用的，他们说。但是我不相信自己没有用。"有一次，她向我投诉。

"别一直讲'我们这种人'好不好？"我抗议。

"难道你要我用'弱智'这个词吗？这种人就是这种人嘛。"她一点自卑也没有，"我出来卖东西靠自己，一条条做的，一条条卖。卖得越多，我觉得我的样子越不像我们这种人，你说是不是？"

我看看她，她眼睛中除了自信，还带着调皮。

"是。"我肯定。

"喂，我已经来过几次了，怎么还没有做好？"身后一个三十几岁的女人大声泼辣地说，"那个人比我后来，你怎么先卖给她？"

"卖给你！卖给你！卖给你！卖给你！……"

卖猪肠粉的女人抓着一条肠粉，大力地剪，剪个几十刀。不停地剪，不停地说"卖给你"，扮成一百巴仙的白痴，把那个八婆吓得脸都发青，落荒而逃。

我再也忍不住地大笑，她也开朗地笑。眼泪漫湿的视线中，她长得很美。

「

糖
姬

」

这回到台湾地区拍摄节目，全程由"元帅旅游"安排，我们的旅行团到那里时也用他们。这次他们公司派了一名高层陪同，叫 Simon（*西蒙*），他是从香港去的，当今已在台中落脚，准备娶台湾女子为妻。

我们的行程没有包括甜品店，但工作人员要求吃糖水①，Simon 就带路，说要介绍那位老板娘给我认识。走到一家小店停下，问老板娘在不在。原来她去了另一家店，我乘他们交谈时借用了洗手间，发现那里布置得像个娃娃屋。其实，整间甜品店，也像一家大型的娃娃屋。

到了另一家规模很大的食肆，门口挂有一个以花框

① 糖水，粤语，甜品，甜汤。

住的招牌，写着"糖姬"两个大字。Simon 说这才是分店，刚才小的是总店。和总店一样，同是娃娃屋装饰。蹦蹦跳的小妹前来招呼，咦，这就是老板娘了！她打扮得和其他女侍一模一样，绑了马尾，看来不过二十五岁。她和当年在跑马地创业的"糖朝"老板娘洪翠娟有点相像。

"我已经是三个小孩的母亲了。"当我赞她很年轻时，她坦白地笑着说。

"为什么开甜品店？"我问。

"从小喜欢吃刨冰，天气热也吃，冷得要命时也吃，和丈夫离婚后要做小生意谋生，就选自己最喜欢的甜品店啰。"

"干吗离婚？"

"我二十岁就嫁给他，一连生了几个小孩。他当我长大了，而我还觉得自己是一个小孩。就那么简单，没其他原因。"

吃的刨冰有牛奶、花生、奇异果、核桃、杧果、草莓、巧克力、咖啡等不下数十种原料，磨成浆后结冰，再刨出来。

采用这种刨冰方式的店已开得很多，连香港也流行起来，"糖姬"为什么做得比别人出色？全因为他们的配料不是那么一匙匙加进冰里，而是一片片细心地当成花纹贴上去的，又做得不十分甜，而且一大碟才卖二十多块港币，因而广受欢迎。当今她已在百货公司内开店，还即将把"糖姬"发展到其他地区，是一个了不得的人物。

百岁妈妈生

「

"银座有几千间的酒吧，你去哪一家？"

这次农历新年旅行团在日本的最后一个晚上，吃完饭目送团友回房睡觉后，我独自走到帝国酒店附近的"GILBEY A"。

主要是想见这家酒吧的妈妈生有马秀子。有马秀子，已经一百岁了。

依旧端庄

银座木造的酒吧，也只剩下这么一间吧？不起眼的大门一打开，里面还是满座的。日本经济泡沫一爆已经十几年，银座的小酒吧能有几个客人已算是幸运的，哪来的那么热烘烘的气氛？

这家酒吧我以前来过，那么多的客人，她要——记住是不可能的事。她开酒吧已经五十年，见证了日本明治、大正、昭和、平成四个时代的历史。

她的衣着还是那么端庄，略戴首饰，头发灰白但齐整。有马秀子坐在柜台旁，看见我，站起来，深深鞠躬，说声"欢迎"。

几位年轻的吧女周旋在客人之间。

"客人有些是慕名而来的，但也不能让他们尽对着我这个老太婆呀！"有马秀子微笑。

说是一百岁，她样子和那对金婆婆银婆婆不同，看起来最多是七八十，笑起来给人一种很亲切的感觉。

做女人先要有礼貌

坐在我旁边的中年男子忽然问："你不是《料理的铁人》那位评审吗？"

我点头不答。

"他还是电影监制。"这个人向年轻的酒女说。

"我也是个女演员，姓芥川。"那女的自我介绍，听到我是干电影的，兴趣起来，坐下来问长问短。

"那么多客人，她不去陪陪，老坐在这里，行吗？"我有点不好意思。

"店里的女孩子，喜欢做什么就做什么。"有马秀子回答，"我从来不指使她们，只教她们做女人。"

"做女人？"我问。

"唔。"有马秀子说，"做女人先要有礼貌，这是最基本的，有了礼貌，温柔就跟着来。现在的人很多不懂。像说一句'谢谢'，如果发自内心，对方一定能感觉得到。我在这里五十年，送每一个客人出去时都说一声'谢谢'。银座有那么多家酒吧，他们单单选我这一家，不说'谢谢'怎对得起人？你说是不是？"

我赞同。

"我自己知道我也不是一个什么美人胚子。"她说，"招呼客人全靠这份诚意。诚意是用不尽的法宝。"

"银座里程碑"的故事

有马秀子生于一九〇二年五月十五日，到二〇〇二年五月十五日满一百岁。许多杂志和电视台都争着采访她，她成为银座的一座里程碑。

有马秀子从来不买人寿保险，赚的钱够吃够穿就是。丧礼的费用倒是担心的，但她有那么多的客人，不必忧愁吧？她每天还是那么健康地上班下班。对于健康，她说过："太过注重自己的健康，就是不健康。"

那个认出我的客人前来纠缠，有马秀子看在眼里："你不是已经埋单了吗？"

这句话有无限的权威，那人即刻道歉走人。

"不要紧，都是熟客。他今晚喝得多了，对身体不好，是应该叫他早点回家的。"有马秀子说。

① 一生人，粤语，一辈子。

我有一百个问题想问她，像她一生人①吃过的东西什么最难忘，像她年轻时的罗曼史是怎样的，像她对死亡的看法如何，像她怎么面对孤独，等等。

"我要问的，你大概已经回答过几百遍了。"我说，"今天晚上，您想讲些什么给我听，我就听。不想说，就让我们一起喝酒吧。"

她微笑，望着客人已走的几张空凳："远藤冈作最喜欢那张椅子，常和柴田炼三郎争着坐。吉行淳之介来我这里时还很年轻，我最尊敬的是谷崎润一郎。"

看见我在把玩印着店名的火柴盒，她说："Gilbey

这个名字来自英国金酒的牌子,那个 A 字代表了我的姓 Arima(有马)。店名是我先生取的,他在一九六一年因脑出血过世。"

"妈妈从没想过再结婚,有一段故事。"酒女中有位来自大连,用汉语告诉我。

有马秀子好像听懂了,笑着说:"也不是没有人追求过。其中一位客人很英俊,有身家又懂礼貌,他也问过我为什么不再结婚。我告诉他,我再也没有遇到另一个像我先生那么值得尊敬的人,事情就散了。"

已经到了打烊的时候,有马秀子送我到门口,望着天上:"很久之前我读过一篇记载,说南太平洋小岛上的住民相信人死后会变成星星,从此我最爱看星。看星星的时候,我一直在想,我先生是哪一颗呢?我自己死后又是哪一颗呢?人一走什么都放下,还想那么多干什么?你说好不好笑?"

我不作声。

有马秀子深深鞠躬,说声"谢谢"。

下次去东京,希望再见到她。如果她不在,我会望着天空寻找。

「女强人俱乐部」

听到"女强人俱乐部",中国香港的商界女高层都想参加;但我要说的,并非她们想象中的那种。

我要说的是一个叫 Belizean Grove(伯利兹俱乐部)的组织,只有顶尖人物才能当会员。她们来自各大机构,有环保人士、科学家,甚至政治家。每年一次,她们集合在一些鲜为人知的度假胜地,讨论和交流心得,使这小圈子里的人财产更加增多、知识更加丰富,掌握的权力更强、更大。

不过,从它的名字也可以知道,她们也是向男人学习的。类似的组织,有个叫 Bohemian Grove(波希米亚俱乐部)的,会员包括了艾森豪威尔、布什父子和尼克松。

"女强人俱乐部"成员平均五六十岁，她们都是XEROX（施乐）、P&G（宝洁）、Nasdaq（纳斯达克）的主管，还有美国前高等法院的院长。互相交换情报，拼命赚钱，支持有潜质的新秀，是她们的目的。

　　每年一次的集会，为期四天，吃喝玩乐之外就是在其他成员的基金上做投资。有了内部消息，她们更有进账。这四天的集会，只有女性才能参加，至于有没有男人扮兔子为她们服务，就不得而知了。

　　中国香港的女强人，想成为"女强人俱乐部"的会员，门都摸不着。只能是她们来找你，你找不到她们，唯有羡慕。那一群人长得是怎么一个样子？她们很少露脸，谁也不知道。不过不可能是风情万种的吧？要做女强人，第一个条件是放下其他的一切，一心一意向上爬。

　　我们乐得她们去拼命，自己在家里做做菜，采一朵花插在耳旁好了。我一点也不介意身旁的女人是个女强人，但要是每次上床，对方都争着上位，未免枯燥。

　　女强人并不讨厌，讨厌的是把鸡毛当令箭的、自以为是女强人的假女强人。

「烦恼减到最少，最好」

东京一个烧菜的比赛节目邀请我去当评审。

这一类电视节目，日本人很热衷搞，也非常受观众欢迎。每周有四五个定期的，每个节目都一个小时；最长命的一档节目还一做就做了六年。

挑战者

这次的节目是由电视台选出三个大师傅，分别为日本菜、法国菜和中国菜的，称之为"铁人"；再让其他著名餐厅的总厨前来和"铁人"比试，称之为"挑战者"。主题材料是鱼或肉，双方赛前都不知道。

"这次的挑战者你一定会喜欢。"编导遇到我时，笑嘻嘻地向我说。

"身怀绝技？"我问。

对方摇头。

"是个美女？"这次错不了吧。

对方还是摇头："别心急。"

有什么大师傅没见过呢？做什么神秘状？

音乐大响，三个"铁人"由舞台下升起，此边厢，烟雾之中出现了挑战者。

一看，是位清秀得不得了的尼姑，三十岁左右。

比赛

节目主持人把布掀开，露出此回比赛的主题材料，是腐竹。虽说比赛很公平，但主题材料也是事前安排好的，不然出现的是肉，怎么收场？不过，日本僧尼并不斋戒，会烧肉也不出奇。

挑战者由三名"铁人"之中选一位来决斗，她挑了做日本菜的"铁人"，细声说："我做的也是日本料理。如果选法式或中式，就难见高下。"

他们要在一个小时之内，各做几道菜来让三名评审吃。"铁人"抢先一步，踏上舞台拿了很多干腐竹。"挑战者"则一动不动，先把矿泉水倒入大锅中煮滚。

不止观众好奇，连我们当评审的都想知道她的葫芦里卖的是什么药。讲解的主持人拿着麦克风去访问她，"挑战者"说："腐竹要新鲜的才好吃。"

说完，她把大豆放进搅拌机磨浆，用个两层的锅，下面的锅烧开水，上面的放滚开了的豆浆蒸着。

才那么短短的一个小时，来得及做出腐皮来吗？我们都替她担心。

"铁人"已将干腐竹用水浸开，加鱼子酱、鹅肝酱和法国黑菌，又煎又煮又炒，手法纯熟地准备了五道菜。

那边"挑战者"拿了松茸在小灰炉上烤，清香味道传来。她细心地用手把松茸撕成细丝。

时间愈来愈紧迫，"铁人"气喘如牛，加上不断地试食热菜，上身被汗水湿透。

"挑战者"从从容容，按部就班，食物不沾唇已知味觉，头上不见一滴汗珠，道袍不染菜汁。

豆浆表面冷却后凝成一层层的腐皮。她用绿竹签挑起，就那么抛入冰水中。其他配料已经准备完毕，就等这最后的过程。

"叮"的一声，一小时很快地过去，双方停手。

轮到我们评审登场,摆在桌上的菜,"铁人"做了五味,
"挑战者"只有三味,再加一碗饭、一小碟泡菜。

　　"铁人"的腐竹搭配着鱼子酱等名贵的材料,色香
味俱全,的确精彩绝伦,评审都觉得满意。

　　至于"挑战者",第一道是前菜,只见碟中一堆腐竹,
试起来香味扑鼻。原来是将鲜腐竹切丝,和撕开的松茸拌
在一起,二者颜色略同,看不出其中奥妙,吃了才知。

　　第二道是将鲜腐皮炖了,加入奶酪、荷兰豆及胡萝
卜丝,甜味来自香菇汁。

　　第三道是清汤,用大量的黄豆熬好当汤底,漂着炸
过的鲜腐竹,上桌前摘菜心的小黄花点缀。漆器的碗本来
应该是黑色的,但碗底再铺上一层腐皮,像件瓷器。

　　白饭煨成之前用荷叶当锅盖,呈翡翠色;掺杂着的
黄色饭,原来是用鲜腐皮搓成的米粒。泡菜是高贵的紫色。
用茄子汁染的切片腐皮卷,淋上了柚子汁。

　　清淡之中,变化无穷。

　　评分表上,我给"挑战者"满分。

　　但最终结果发表,"铁人"赢了,他兴奋地举起双
手答谢观众的掌声。"挑战者"保持着笑容。

玩玩罢了

赛后，我在休息室的走廊抽烟，"挑战者"迎面而来，轻声地向我说："谢谢你，只有你帮了我。"

"做僧尼的，不应该注重胜败。你为什么来参加这种比赛？"我见她外表脱俗，可以直问。

"这个节目本来就是一场游戏。你的分数公正，但其他两位日本评审是常客，如果'铁人'每次都被打败，节目怎么做得下去？我早就有心理准备，来玩玩罢了。"

"尼姑也可以抛头露面？"我问。

"我们日本的佛教教条比较入世，不会被人骂的。"她解释，"尼姑也是人，偶尔玩一下，无伤大雅。"

"为什么你会剃度？"我又问。

她惨淡地微笑："我们的寺院庵堂，住持都是世袭的，僧尼也都可以结婚生子。我哥哥怎么能主持庵堂？只剩下我。我唯有这条路可走，但走一走后，竟也觉得清静可喜。我从小对烹调有兴趣，就在庵堂开了一家素菜馆。"

"那你有伴侣吗？"我想问她有没有丈夫，但还是选择这字眼恰当。

"有些事，不做比做好；有些问题，不答比答好。烦恼减到最少，最好。"她合十。

我目送她的背影走远。

「古堡的女僵尸」

某出戏里需要用到一个古堡，我看了好多座，最后决定借用最阴森、最古老的罗哈城堡。

罗哈夫人

开门迎客的罗哈夫人，至少有八十岁了吧。她全身干枯，脸上汗毛长如胡髭，手指像蜘蛛的长腿，看了令人不寒而栗。

我说明了来意，她犹豫了一会儿，点头答应。临走前，她向我微笑道别，我似乎看到她唇后黑黄的尖牙。

一连几晚，在古堡城墙拍男主角偷袭的戏，到处要打光，需在各个窗口摆灯，我拜托罗哈夫人打开每扇房门。她一声不响，拖着一大串沉重的大钥匙，叮叮当当，与西洋恐怖片中拉着铁链的冤魂的形象和所发出的声音一模一样。

　　这么大的一座古堡，她单独一个人，别说打理，怎么住得下来也是个疑问。

　　因为麻烦她的事情太多，一个晚上，我禁不住说要请她到附近的乡里去吃一顿饭。她抬起头来："不必了，要是你真的有这个意思，明晚，不如你在这里和我一起进餐。"

　　我吞了一大口口水，"咕噜"的一声，没时间考虑，只好硬着头皮接受了她的邀请。

　　"九点整，你到地牢走廊的尽头来，就可以找到我。记着，我只准备你一个人的菜。"

　　她说完头也不回，抓着那一大串钥匙走远。

　　去还是不去，是个大难题。

　　为了工作，可以做出某种牺牲，但是，这、这、这……天哪！天哪！答应人家的事，总要做到，这是我做人的原则。虽说如此，老蔡，你知道多少人为了遵守原则而丧失老命吗？

这一夜和第二天的白昼，我都没有睡好。偶尔在行车路途中闭一闭眼，马上发现我的颈部大动脉有两个深不见底的洞，血已流尽，还能看到有小虫在蠕动，即刻惊醒。

沟通

约会的时间到了。我像被催眠了似的洗了个澡，穿上黑西装，打好血红的丝领带，走进古堡。乌鸦在夜啼，我下楼到地牢，进入一条无穷无尽的走廊，听到咿呀的声音，大门打开。

天，"女僵尸"穿了白色的晚礼服，像新娘子一样，拿着蜡烛在迎接我……

① 丈，长度单位，1 丈约合 3.33 米。

罗哈夫人引我进入一间数十丈①长的巨室，由地上到天花板，至少有三层楼那么高。

一张可以坐四十个人的长餐桌，一头一尾，摆着两份古董银餐器。食物都已准备好，七道菜，没有一样不是冰冷的。这间房子里，唯一热的是我那张涨红的脸。

在长桌的末端坐下，皮椅背有一个大汉那么高，我像被人紧紧抓住。心很痛，似有根铁柱往下不断敲打。

"试试这瓶一九四〇年的红酒。""女僵尸"命令。

既来之，则安之，我想。死就死个痛快吧！不管酒里是否有蜈蚣爪、蝎子尾，我一口把那杯红酒吞下。

　　啊！甘醇如清泉，是我生平中未尝过的佳酿。

　　"人家在拍卖行中把它当宝贝。我的酒窖里，还存着五百瓶。你尽管喝吧，我一个人享用不了。"她的语调中，透着对死亡的感触。

　　三杯老酒下肚，我精神松弛了许多，也不理头上的灯罩是猪皮做的还是人皮做的，话多得很："你的英语，是我遇到的西班牙人里讲得最好的。"

　　"我从小就有一个英国保姆。"她说。

　　"真的？"我顺口一问。

　　"当然是真的。你是在问我真的有一个英国保姆，还是在问我真的年轻过？"她打趣地反问。

　　我只有腼腆地赔笑。

　　烛光下，她已经不像上次见到那么可怕。

　　"朝如青丝暮成雪。这不是你们诗人的句子吗？每个人都年轻过，每个人也都会老。"她自言自语。

　　真想不到这个西洋老太婆对中国文化也有认识。

　　那晚，我们以东西方的诗词比较为话题，谈了很久很久。

"这么大的地方，为什么只有你一个人住？"我忍不住问。

罗哈夫人笑着回答："不是我一个人，还有我的丈夫，他就埋葬在这个房间里。"

马上毛骨悚然。

"他在里面安息，算是在陪我。"

这老太婆为什么这么怪？

她好像看得出我心中的话，回答说："什么事都不怪了，只要爱得深。"

想想有道理，也就不管它是什么了不起的事。

"你过来看看。"她由书架上取出一本很厚的相簿，把书本的灰尘吹散。

被时间染黄的照片中，她回到她的童年，长成为一个美丽的少女，参加了第一次舞会。还有其他照片：她穿了短裙打网球，身体矫健丰满，长发飞扬着；英俊的青年走过来，两人对着镜头；庄严的婚礼，参加的人数过百；欢宴中叠成巨塔的香槟杯；乘坐"伊丽莎白皇后号"邮轮；路易威登的大型行李箱，有二十多只；布鲁克林铁桥下，他们打着伞在雨中散步；第一个婴儿诞生时，有五六个保姆；长大了的儿女们手中也抱着小孩，身边又是五六个保姆。

不知不觉，已过了两个小时。我站了起来向她告辞，并谢谢她给予的这样一个愉快的晚上。

"不，不，应该说'谢谢'的是我，中国人。"她抓着我的手，我感到一阵温暖。

她说："你让我重温我的青春。我差点忘记有过那么一回事。"

走到门口，她叫着我："你有没有发现，人与人之间要是有了沟通，什么丑陋的躯壳，也不会太难看了？"

我点点头，在她的双颊一吻。

之后，我们就没有看过老太婆，整座古堡给我们任意陈设成为富丽堂皇的布景。人烟一多，也带来了生气和活力。

一天，一个拿了网球拍、穿着短裙的活泼少女前来，我好像在什么地方看过她。她很甜地微笑，向我说："我的曾祖母，叫我来这里陪你。"

武器

陪一个女士去买房子，前来介绍的女经纪，身体肥胖。她喘吁吁地爬上那小山坡，满脸笑容。看完了一间又一间，我朋友都不满意。最后来到嘉多利山的布力加径，有间楼顶很高的房子，价钱又便宜，我们逗留得久一点。

我这个朋友是个名副其实的八婆，常损人不利己地酸溜溜地讲对方几句，看见那女经纪气喘如牛的怪样子，她单刀直入地问道："你有没有一百四十磅^①？"

"哇，请你不要乱讲，我现在哪止一百四十磅？"女经纪呱呱大叫一轮后说，"我二十岁那年已经一百四十了。出来做事，爱吃东西，一年胖一磅，现在一百六十了。"

① 磅，英美制质量或重量单位，1 磅合 0.4536 千克。

连那个绷脸的八婆也给她惹得笑个不停。幽默真是一件大武器，她绝对比那两个打破头的男经纪强得多。

我出外景时选工作人员，如果对方能讲一两个笑话，绝对先和他签约，因为我知道一去就是几个月，好笑的人比不好笑的容易相处。

有幽默感的人，做事成功的机会总比别人多，交到的朋友也更多。别以为讲笑话就是轻浮，连做总统的也得讲一两个笑话来缓和紧张的局面，里根和克林顿都使过此招。

"你为什么出来做这一行？"八婆又问。

女经纪回答："要养孩子呀，我和我先生离了婚。"

"为什么要离婚？"八婆又不客气地问。

"不能沟通呀，"女经纪说，"他连和哪一个女朋友约会都不肯告诉我。"

我们又笑了。八婆心情好，房子又看得满意，最后她说："我想和先生商量一下。"

"商量一下也好，"女经纪说，"不过不是每一件事都要老公决定的。我减肥，就从来没有得过他的同意。"

八婆又笑了，交易即成。

「

手机女郎

」

去广州，拍一个酒的广告。

事前先看内容：餐厅里，有个侍者捧了瓶酒来，说这是我爱喝的。邻桌有四个女的，一听到即刻拥了上来，我和她们干杯。

到了这个年纪还有人聘请，是个面子，我乖乖地让拍摄组安排。从前的工作，都在镜头背后，看见过无数的所谓"明星"调皮捣蛋、迟到早退。我答应过自己，万一有一天自己站在镜头前面，一定听话。

广告制作很认真，包了一间高级餐厅，数十名工作人员加上临时演员，至少上百人，浩浩荡荡地进行拍摄。四名少女，都是从当地模特儿公司请来的，平均身高一米七，穿起高跟鞋来，把我这个身高一米八的老头比了下去，感觉我顿时矮了一截。

导演已和我合作过两个广告了，知道他水平不错，也就放心了。所有工作进行顺利，到了中午，有一小时吃饭时间，看样子，今晚十点左右能够收工。

刚要休息，电话来了，是新加坡的电视台，要我去示范几个菜。大家沟通了一下，谈好食材、厨具和美女助手等，就收了线。

"你这个手机真薄，要是我早看到就好了，什么牌子的？"身后传来一个声音。

转头，是那四个模特儿其中之一，样子还算好看，腰很细，只是胸部有点怪，像长了三个乳房。

"Motorola（摩托罗拉）V3。"我说。

"能上网吗？"她又问。

"普通手机都能上网，只是手续麻烦而已。"我说，"上网时我用 BlackBerry（黑莓）。"

我拿出来给她试一下。

"真快，"她惊讶地说道，"比我的 Sony Ericsson（索尼爱立信）还要快！你有过多少个手机？"

"我最喜欢玩手机，也不记得有多少个了。"

她做出一个羡慕的表情："我一生之中，只买过一个手机。”

听她的口音，不像是广东人，我问：“你是从哪里来的？”

“湖北。”

“来了多久？”

“才几天。”

“做模特儿有多长时间了？”

“算什么模特儿呢？”她很坦白，“只要人够高，又够瘦，人家就当你是了。我去公司报到，刚巧他们人数不够，就把我派来了。”

“乡下生活很苦吗？”我问。

“什么乡下？”她说，“我从武汉来的，也算是个大城市吧！”

“失敬，失敬。”

“不过，我小的时候我父母就分开了。现在妈妈老了，也需要我帮补家里。我反正无聊，又有个邻居在广州夜总会做事，就跟着她来了。”

“书也不念了？”

“那种学校，不去也罢。”她说，“同学们个个都有手机，上课时偷偷发短信。看见我没有，她们都来耻笑我。我回去跟妈妈说我不上学了，她只有把她的手机送给了我。”

"那不就没事了吗？"

"还是给她们笑，说什么荧光幕还是黑白的，那么大，像块砖头，可以拿来砸死牛！"

"能用就行，管人家说些什么！"我说。

"你没被人家笑过，你不知道那种滋味是多么难受！而且不是笑一次，是从星期一笑到星期五，星期六上运动课，她们还在笑！她们教我唱周璇的歌，说唱老歌才配老手机！"

她充满愤怒，我不知怎么安慰她。好在，这时导演喊开工，大家都就位去。

先拍我和侍者的镜头，那四个女的坐在我后面，画面会带到她们。趁打光时，我到洗手间一趟，刚回到现场就听到一场争执。

"不行，不行，一定要拿掉！"导演大叫，"中间凸了起来，像什么样子！"

"打死我也不肯。"那个女的说，"最多不拍！"

"干什么？"我偷偷问副导演。

"她的胸部挂着手机呀！"副导演说。

我跑去摄影机后面看了一下，向导演说："从这个角度，如果我把酒杯拿高一点，就能遮住。先拍完这个镜头再说吧！"

导演当我是长辈，也就照做了，广告顺利拍完。

"谢谢你。"那女的事后走过来向我说，"他们不知道这手机对我多重要！我要买就买这个最贵的，什么功能都有，五千多块呢。"

"你刚来几天，就有那么多钱了？"我问。

她笑着说："做模特儿和拍广告能有多少钱？我是陪客人才赚到的。我向夜总会的妈妈生先要了钱，去买了手机，才肯上酒店房间。他脱光我身上的衣服时，我也还挂着手机呢。"

身材苗条，样子恐怖

"曾根小娘"是个艺名，日本人对罗马字的发音很差，曾根叫 Sone，前面加了一个 Girl（小女孩），Girl 日文念成 Gyaru，全名就是 Gyaru Sone 了。我们暂且叫她为"曾根小娘"吧。

她是干什么的？在艺坛、歌坛及体育界都没听说过她。原来是靠吃，吃出名堂来的女子，称霸过日本的各种"大胃王"比赛。

吃那么多，应该是一个大肥婆了吧？不，不，不，曾根小娘的身材和一般少女无异，一点也不胖。吃那么多而不胖，把其他的日本女人都羡慕死了。

虽有苗条的身材，但是曾根小娘的样子有点恐怖。她染了一头金发，小眼睛，假睫毛粗得不得了，两个眼角涂了白色的化妆液，有点像眼的排泄物，眼耳鼻舌加起来，得一个"丑"字。

节省

她出生于一个富有的家庭，入住豪宅，一家人过着幸福的生活。在小娘小时候，她母亲就注意到她和她的姐姐饭量很大，吃完一碗又一碗。她最大的乐趣就是吃饭，看到母亲煮了一大锅饭就开心。

在小娘七八岁那年，父亲滥赌，把家产败光，破了产，入了牢，出来后就向妻子递了离婚书，再也不见他的影踪。曾根家从此没落，搬到小公寓去住。

饭钱也要节省，这是做母亲的最心痛的事。但全家人只靠妈妈工作来养，不省也得省。好在，这时曾根姐妹发现竞跑赛的大奖竟然是一包巨大的、用草绳包扎的三十公斤白米！

之后姐妹两人拼命训练赛跑，在单人赛或接力赛中胜出，把那袋大米抬回家，但也只能吃够一星期。她们唯有旷课，到邻省去参加别的田径赛，把领到的各种奖品都换回米来，大吃特吃。

长大后，姐姐恢复正常，过上普通人家的生活，但是这个妹妹继续吃、吃、吃。知道东京的"大胃王"比赛特别多，她干脆从乡下搬到东京来住。

踢馆

在日本，各行各业都有经纪人，像男"大胃王"小林尊，一直有经纪人跟着。曾根也不例外，有经纪人看中了她，又为她取了这个艺名。

由经纪人接来的比赛不少，但曾根小娘也每天看报纸和杂志。一天，她看到有家馆子做宣传，说能吃得下一块一公斤的牛排，就能拿到一万日元奖金，吃不完要倒付一万日元。

曾根小娘即刻去"踢馆"，一口气把那块一公斤的牛排吞下之后，问店主道："如果我能再吃一块，你是不是多给我一万？吃不完我赔你两万。"

店主当然不相信，岂知曾根小娘又吞了下去，还问再要不要比第三块。店主即刻摆手摇头投降。

同样例子，曾根又去踢做面包的馆子了。

大胃王

最近有个电视节目，专访曾根小娘，研究这个女"大胃王"，到底是真的那么能吃，还是骗人的。

节目开始，就让曾根吃个够，她什么东西都吞了下去，足足吃光五六公斤的食物。接着，节目主持人把她带到医院去，把她放入 CAT scan（计算机轴向断层扫描）器中，用磁力共振拍出她的胃，竟然扩张到整个胸部和腹部去了。

这时，再饿她一整天，又去检查扫描，胃已缩小至原来的十分之一了。

中间，主持人问曾根说："一天要上洗手间多少次？"

"大的或是小的？"她天真地问。

"大的。"

"七八次吧。"曾根回答。

分析她的排泄物，发现营养成分还在。原来，这些食物的营养成分没被肠胃吸收，所以小娘并不会发胖。

为了证实她的功力，电视台又邀请两组人和曾根比赛，在现场表演斗食。第一组由两个大汉组成，第二组是三个大食姑婆组成，斗曾根小娘一个人。

每组人都要过三关。第一关是吃十盘烤牛肉，小娘一面吃一面赞好，水也不喝，很轻松地吃完。大汉组先由一个人吃五盘，再由第二个人吃五盘，也吃完。第三组三个女人，你一盘我一盘，也顺利过关。

第二关是坐在回转寿司的输送带旁，各组要吃一百碟生鱼片手握寿司。曾根专选肥美的 toro^① 来吃，一碟又一碟，一下子就吃了五十碟。

① Toro，日语罗马字，金枪鱼的脂肪多的部分。

大汉组吃到第五十碟之后，两人都满头大汗、气喘如牛。三肥婆组吃到第五十碟，忽然发力，拼命乱吞，步伐加快。眼看她们就要赶上曾根小娘时，她已将一百碟寿司吃了个干干净净。她拍拍屁股，走到第三关的咖喱饭处。

那一大碟的咖喱饭，有普通分量的五六倍。曾根小娘吃到连汁都不剩。那边厢，大汉组已经投降；三女组拼了最后一口气，吃完一百碟寿司，爬到咖喱饭处，碰到第一碟，均眼睛翻白，脚软倒地。这时曾根已经吃到第五碟，裁判喊停："不用比了，你已经赢了。"

曾根小娘依依不舍地望着那五碟还没动过的咖喱饭。她获得了节目组颁的大奖，一张环游世界的飞机票。

"怎么办才好？"曾根小娘发愁，"飞机餐是吃不饱的呀！"

最后，她将机票卖掉，又买她的白米去也。

「大丈夫」

十年前，斧山道上的嘉禾片厂，每天总徘徊着几个日本女子。她们都是成龙的影迷，能看到成龙一眼，是她们一生最大的愿望。

一生悬命

其中一个女子很瘦弱矮小，两只大眼睛，像是她脸上唯一能看到的东西。她已经一连来了三天。

我们在片厂上班的人看惯了，从来不与影迷们交谈。傍晚经过，我听到她咿咿哎哎地向警卫询问，那并非因语言不通而发出的声音，而是不能说话的人的发音。

下着大雨，她畏缩在屋檐下，脸色苍白。片厂并没有餐厅，她站了整天没处歇脚，眼见就快晕倒。

"你没事吧？"我用日语问。

她倾耳，原来连声音也听不到。我就从和尚袋中取出纸和笔写下。

"大丈夫。"她也写。

"大丈夫"是我学到的第一句日语，发音为daijyobu，和"男子汉"一点也搭不上关系，是"不要紧"的意思。

我用手语请她到办公室坐着，给她倒上一杯热茶，再和她在纸上笔谈："成龙在美国，不必等他回来。"

"不是等成龙。"她摇头后写上，"我爱香港电影，什么时候可以看到拍戏？"

那年头不流行搭布景，拍摄都在空地进行，片厂只是一个工作人员的集中地。那几日天气不稳定，也不知道什么时候才会出外景，我写着要她回去。

看她好生失望的表情，只能再和她谈两句，问道："为什么那么爱看港产片？"

"我从香港电影中感觉到的活力，是日本片中没有的。"她写，"我最想当演员，如果能在香港电影中演一个角色，我就心满意足了。"

真是不自量力，我也没什么话好说，写道："当演员，需要讲对白。"

"我学。"她写，"一生悬命。"

一生悬命，日语发音为 issyokenmei，是"拼命"的意思。但身体上有缺陷，怎么强求？我点头，目送她走。

第二年，她又回来。

看到她疲弱的样子，我真担心。这时，她张开口："Dai……dai……daijyo……daijyobu。"

说完了这句"大丈夫"，她满足地笑了。

第三年，她已会说 issyokemei，一生悬命。

笔谈中，得知了她学语言的过程。这个小女子竟然参加了"东映演员训练班"学讲对白，又修了阅读嘴唇动作的课程。她没说过她是怎么进入训练班的，但我知道她学费倒付了不少。

第四年，她来，又是咿咿哎哎一生悬命地说话。我要很留意听才能懂得几句。那时刚好有部小成本的动作片在拍摄，我请武术指导带她去现场看看。她开心死了。拍完戏，工作人员大概是同情她，请她去九龙城的餐厅吃火锅。

真正的大丈夫

接下来那几年，她没间断来港。她来之前，总给我发传真说何时抵达，我若外游不在，她留下小礼物就走。

去年她在我的办公室中看着书架上那六七十本散文集，下了决心，向我说："我要做作家。"

对她的意愿我已不感到诧异，点头说："好，等着你的作品。"

前几天她又来了，捧了一大沓原稿，向我说："已经决定出版了。"

"恭喜你了。"我说，"付你多少版税？"

她摇头："出版社要求我出两百五十万日元，我一次付给了他们。"

我心中大叫不妙，但既成的事，不说扫兴话。

"你替我纠正一下好吗？"她说，"书里有很多汉语名词，我怕写得不对。"

我点头答应。她高兴地走了。

今夜看她的著作，只有一个错处，把《旺角卡门》的那个"卡"字写漏了。

书中写满了她在香港受到的感动：弥敦道上的人山人海、新界小巷中的孤寂、西贡鲤鱼门的美食等。第一次来港，她还幸运地被机师邀请入驾驶室，看他驾驶飞机在万家灯火的启德机场下降。当然也少不了她目睹电影摄制时的震撼，以及对嘉禾片厂被夷为平地的失落。

二十岁的少女，经过整整十年，今年已是三十岁。我从与她的笔谈和对话中了解她比从她书中了解得更多：她两岁时发烧，从此又聋又哑的事，在书中只字不提；她家也不是什么有钱人家，她父母在乡下开了一间做内衣裤的小厂；她一个人住在东京，经济独立，做计算机打字员，又当夜班护士助理，受同事们白眼和病人欺负的事也只向我说过，被对方掴耳光致使整个人飞出去是常事；她省吃俭用，钱大多花在来香港的机票和住宿上，最后那笔十五万块港币的储蓄拿来出书的事，有没有着落，还不知道。

在她的书的作者简介上，她只写着："一九九四至一九九五年之间，出演东映录像带电影，当警车训练所职员，说过一句对白。"

弱小的她，是一个真正的大丈夫。

男女之间

「受伤的女人」

　　不知不觉中，我的微博粉丝人数已达五百三十多万，还不算上来浏览而不关注的网友。

　　我让大家尽量问各种问题，愈尖锐愈好。

　　网友问的包括了："你有没有向人示爱而遭到拒绝的经验？"

　　"无数。"我坦白回答。

　　对方追问："那有没有别人向你示爱，而你拒绝她们的？"

　　"也有。"

绅士风度

"举个例子。"他们打破砂锅问到底,"她们是什么人?"

我可不回答了,这一点绅士风度我还是有的。为什么要把她们的名字公开?很威风吗?我认为男人这么做,非常可耻,可以说已经不是人,只是爬虫罢了。

不遵守这基本的礼貌,大唱谁和谁示爱于我,这么一来,其他的女子就都会怕了你。断自己的后路,有那么蠢的男人吗?

不指名道姓,再将地点和时间改变,说一些往事,总不会伤害到什么人吧?而且对方也已七老八十,听后觉得有自己的影子,也不会跑来骂我吧?

年轻时的愚蠢

只记得年轻时半工半读,把自己当成一个精神上的苦行僧,觉得事业上有点成就了才能去拍拖;而且谨记前人教训,不吃窝边草。女明星向我示爱的不是没有,即使有了好感,在未发展到另一阶段之前,我也已躲避了。

年轻时的另一种愚蠢,是重友情,帮助人家、两肋插刀,一点问题也没有。自己喜欢的女子,要是好友也爱上了，就做《双城记》的男主角西德尼·卡登状，牺牲自己，来成全人家。这种情形之下拒绝了对方好意的例子，也是有的。

那么年轻力壮时，怎么压抑自己的欲望？当今想起，在二十世纪六七十年代，道德观念比现在开放，爱上了对方，即表态，马上来一下，好像不是很难的事。与其说开放，不如说当年大家的思想都简单，没当今的那么复杂。

直接的女人

男人四处狩猎，似乎是本能，但也不一定是雄性采取主动，当然也遇过主动的女人。女人一旦主动起来，更加直接。男人反而会想得太多：她会不会说"不"？拒绝了我之后，会不会讲给别人听？到那时候，被人耻笑，可无处容身呀！男人想呀想，到最后那句"我们上吧"，就是讲不出来。

女人才不管三七二十一，她们出击的方法也再简单不过，就在桌布下把手伸出来，按着你的大腿，靠近阳具那个部位。

这一招所向披靡，要是对方不太难看的话，很少男的会拒绝的。

如果是位美女，但碍于种种原因，像对方的老公是自己的朋友的话，如何拒绝？

我的办法总是再三道谢。因为女人主动，也是经过思想斗争的，她们走出这一步，已是相当地大胆，勇气可嘉的。她们将自己赐予我，还不多谢？

温柔地把她们的手拉开，轻轻地吻她们的耳鬓："谢谢你，找个机会，下次吧。"

从此，避而不见，给足了对方面子。也许将来她们离婚，也有一条后路呀。

有些女的非常聪明，会用一个非常古老又永远行得通的桥段，那就是借酒装疯。她们可以醉得一塌糊涂，第二天醒来，说一点记忆也没有。

如果还想继续和对方做朋友的话，就乘她们只有一点醉意时，即刻说要打电话给她们的家人：父母的手机多少号？很奇怪地，多数女人一听此句就醒。

要是对方是在外地认识的，又比较陌生的话，那么叫一辆的士，问司机到目的地多少钱，多给点小费，并抄下的士的号码，请司机把她们送回去。

有时，女人是用电话来诉心中情的，这让人比较难以拒绝，不能立刻说"不"，得让她们有个台阶下，这样今后还可做朋友。向你示爱，被你拒绝后还能做朋友的，一定是个好朋友，千万要珍惜，所以这时候非细心处理不可。

最好的办法还是投其所好，说我对你也有好感，但心理准备一时还没做好，还是暂时保持联络行不行？当然，之后就别主动联络了。几次之后，对方也就会意，不再纠缠。若连这一点游戏规则也不遵守，还死缠烂打的话，那么，这个女人也不值得你尊重了。

被拒绝后，再也做不成朋友的例子，还是居多的。不应该生气，永远地感激，心存半丝后悔，希望来世有缘再做个伴。

当今在网络上，因为不用真名字，女方更为大胆了，有些直接大叫："我爱你！"

但，千万别自作多情，这三个字也不一定是自动献身的意思。在微博上已有深交，对方样子又娟好的，也向你这么表白的时候，也有同样三个字便能治退，那就是"止乎礼"了。

「
剰
女
」

亦舒在一期报刊专栏中，写了一篇《感情》，提到我说过："所有感情的烦恼，都源自当事人爱得不够。你若爱他，就不会遭遇第三者，不会分居两地，也不会认为爱上不该爱的人。你踌躇不决，只因爱他不够，爱自己更多。"

我说过很多关于感情的话，已不记得，好在有亦舒提醒。但感情事，也会因时间而变，你虽然有过金玉盟，一旦对方已经变成了另一个人，那么也是可以取舍的。因为你的承诺依旧，可是对方已经不是当初那个人。离开了，是可以谅解的。

至于文章中提到的，将年纪大了还未婚的女人称为

"剩女"这回事，我也同意这观点是无知的。当今是什么时代，不结婚就不结婚，结了婚也不代表是完美的，有什么所谓剩与不剩？

问题是能不能克服自己的心魔。人家说你，你就自以为是"剩女"，那么，神仙也救不了你。要是你不管其他人的批评，你才是一个真正的自由人、一个好的女人！

我身边有很多这种好女人，她们有空了就去旅行，探望远地的老友，爱读书，喜欢看电影。这些精神伴侣，都比一个坏老公强得多。

我尊敬她们对婚姻的态度，她们不被世俗捆住，不向制度低头。而婚姻，算是一个极"野蛮"的制度。我们都是动物，除了人，动物之中几乎没有实行一夫一妻制的。

虽然说人类的智慧高于其他动物，所以婚姻制度才产生。但高度的智慧，也因某些统治者而造成了一种非常不合天然的道德。而这种约束，会因时代而变：你如果是古人，可以一妻四妾；你要是生长在某些地区，一妻多夫，也是自然的事。

我一向认为，一夫一妻制是一群性能力很弱的卫道者想出来的，他们连一个人也应付不了，所以创造出这个制度来保护自己。

谈到性，似乎对亦舒不敬，她从来不提。不过在近作中，她讲述"剩女"把男人换了又换的故事，趣味性极高，推荐你一读。

网上交友

微博网友时常问到关于网恋的问题，担心网恋不真实、不可靠。

其实，通过网络找寻对象，和在街上、餐厅中或酒吧里认识并没有分别呀。

最初，大家寂寞，在聊天软件上加异性网友，天南地北地聊个不停。说得投机，便相约见面，一段感情便酝酿了起来。

但失败的例子居多。彼此见了面之后，最常见的反应是："天哪，这个人怎么那么丑，和照片完全不一样？"

当然啦，在网上刊出的照片，选的是能展现他们最好的一面的，就连我们在杂志上看到的明星艺人，一见真人，大倒胃口的也居多。

　　一次又一次的失望，加上新闻报道的骗子如何在网上骗财骗色，更令人对网恋失去了信心。

　　现在有了微博最好，看到照片被吸引，可先关注对方，每天看他们发表的短文，从中了解大家的个性。

　　觉得对方有趣，也可以说出一些自己的观点；如果对方也同意你的观点，你们便可一步一步发展到互相发出私信、交换手机号、相约见面。最后成为情侣的例子也有。

　　最重要的，是把自己最真实的一面表露出来。真面目示众又如何？相貌是父母赐予的，不应为讨好别人而改变。如果不够自信，就努力看书，增加自己的内涵，多写精彩的文章，日子久了，就会有人欣赏。

　　每次有人问我，赞不赞成在网上交友，我回答：这和我们小时候在杂志上登个征友广告，互相通信的情形，有什么不同？

　　骗人或被骗，网络没有错，错在你自己很蠢罢了。

「最不可抗拒的魅力」

有则外媒报道说，英国的一项研究访问了四千个男女，让他们各自列出异性的二十种最不可抗拒的魅力。结果是女性认为男性的微笑最厉害；而男性则认为女性的身材，是最难招架的。

哈哈哈哈，微笑谁不会呢？而女性的身材，不喜欢她的话，多好也没用呀！

揽镜自照

我跑到浴室去照照镜子，自问自答：在男性的二十种让女性最不可抗拒的魅力之中，排第二位的幽默感，我认为自己是有的。其实大部分将肉麻当有趣的男人，都以为自己拥有的是幽默感。

第三的体贴，那要看对方是什么人，有些八婆阴阴湿湿①、奄尖夹腥闷②，怎么去体贴？

第四的慷慨，当今我有点条件。我做穷学生时，也颇慷慨，有朋自远方来，拼命请客，他们走了之后，吃一个月方便面的事也是有过的。

第五的聪明，我自认缺乏。

第六的亲切，和第三的体贴一样，视人而定。

第七的懂自嘲，那是我无时无刻不在做的。

第八的放肆和调皮，我天生俱来，到了这个年纪，还在捣蛋。

第九的爱家庭，自问我孝心十足。

第十的健康体魄，全不及格。我这种抽烟、喝酒、不运动的人，谈什么健康体魄呢？

第十一的专注，我只对自己喜欢的事物专注，念书时数学没及格过。

第十二是眼神有长时间一点的接触，我也有。别误会，那是因为我老花。

第十三的热情，这我已经退化了。

第十四是强壮的臂弯。又不是大力士，有什么好？不如以持久来代替吧。

① 阴湿，粤语，阴险狡猾。

② 奄尖夹腥闷，粤语，形容性情挑剔、令人讨厌。

第十五的对小朋友友善，那是应该的；但对那些又丑又作怪的小鬼，怎么假笑得了？

第十六的积极，是我做人的态度，受之无愧。

第十七的穿西装有型，那是由别人来判断的，自己怎么认为自己有型，都是假的。

第十八的自信，我每天都在学习新事物，累积下来，活到了这个阶段，才有一点。

第十九的宽阔肩膀，有了又如何？

第二十的留有须根，那还不容易？几天不刮胡子就行。当今留了须，算不算在里面？

我抗拒不了的魅力

至于男性认为的女性让他们不可抗拒的魅力也有二十条。排第一的美好身材，对于我，并不重要。

第二的乳沟，有些我还不屑一顾呢。太大的胸部，也让人联想到每一个部位都大。

第三的幽默感，啊，的确有魅力，这是我要求女人必备的条件。

第四的咧嘴而笑，要看对方牙齿整不整齐。

第五的逗人发笑，是丑女最大的武器。如果连这个也没了，她们就失去了求偶的希望。

第六的丝袜和吊袜带，有了更好，没有的话也不影响性冲动。

第七的可爱傻笑，很好呀，有些时候，少了一条脑筋的女人，笑起来的确可爱。

第八的香味，最好别喷廉价的香水。一个摄影师曾经问我，女友身体很臭，怎么办？我回答说，爱上就不觉得了嘛！难道你要把羊奶芝士洗了之后再吃吗？

第九的懂得自嘲，那是幽默感的一部分，重要的。

第十是可靠，有哪个女人可靠了？没听过"天要下雨，娘要嫁人"这句古语吗？不害你已经谢天谢地。其实男人也是一样。

第十一是穿短裙，当然比把腿遮掩起来好看，但也要看对方的腿粗不粗才行呀！

第十二是穿长靴，那也要看她们的腿长不长呀！有被虐狂的男人，会特别喜欢吧？我看到随街③都是穿长靴的矮肥女人，有点倒胃。

③ 随街，粤语，满街，到处。

第十三是邻家女模样，这最骗人了。和邻家女青梅竹马、没上过战场的男人，一碰到更好的了，就临老入花丛。

第十四是爱搞鬼，不错不错，调皮捣蛋的女子，总好过死死板板的。

第十五是长腿，这我举手赞成，但要配上腰短才行，东方女人多数是相反的。

第十六乐观，其实不应该排在第十六，排在第二、三位才对。

第十七是好的聆听者，这也很不可靠。起初她们也许扮得出，但女人一与你混熟后，多是喋喋不休的。

第十八是知性对话，很重要，总不能没完没了，身体会受不了的。

第十九凝视的眼神，那是她们拍照片时的招牌动作。

第二十善于理财，这不是什么魅力，是她们天生的能力。

最后，觉得很奇怪的是，互诉异性的魅力，怎么不提有没有钱？真那么清高吗？大概访问对象的年龄，都在"有情饮水饱"的十七八岁吧？

男女之间的智慧

一个男人花两块钱去买一件只值一块钱的东西，女人骂他蠢。

一个女人花一块钱买到一件价值两块钱的东西，男人指出：这件东西女人买下来后丢在一边，再也不去用它。

一个女人会担心自己的前途，直到她嫁了一个老公。

一个男人不会担心自己的前途，直到他娶了一个老婆。

和一个男人过幸福的生活，需要很了解这个男人，而爱他只要爱一点点就够。

和一个女人过幸福生活，需要全部时间去爱她。完全不了解她，生活更加愉快。

　　一个女人嫁给一个男人，会希望他改变，但他不会改变。

　　一个男人娶了一个女人，希望她不会改变，但是她一定改变。

　　吵起架来，最后一句一定是女人说的。
　　要是男人抢了最后一句，新的一场争吵又将开始。

　　女人，你想要什么就说出来吧！
　　轻描淡写的暗示男人是不会懂的，强烈一点的暗示男人也不会懂，更明显的暗示也没用，要什么就说出来吧！

　　哥伦布发现新大陆，不是女人指示他方向的，所以男人驾车的时候，女人请闭嘴！

　　男人穿来穿去，都是那两三双鞋子。他们怎么知道你们女人那三四十双中，哪一双最能衬你的衣服呢？

好朋友始终要分开

　　有一个女人，坚持与男朋友有深厚的感情才可以做那件事，结果弄得二十八岁的人了，还是老处女一个，自怨自艾。

　　这天，有个男同事约她出去吃饭。看这个人的外表还可以，谈吐也斯文，经过思想斗争，她答应了。

　　烛光晚餐，他们都喝了些酒，男同事送她回家之前把车子驾去郊外的一个幽静地方，和她接吻、抚摸，最后把手伸到她裙子里脱她的底裤。但是在最后的一个关头，她说："不行，我们刚认识，感情还没建立好，绝对不可以做那件事。请你原谅。"

那个男同事愤怒到极点，拉起裤子，大声说："好，不干就不干，算了！"

一路上，那男的愈想愈气，女的看得出，向他说："如果你达不到你的目的，就不想送我回家的话，随便什么地方让我下车好了！"

男的真的把车刹住，打开车门："你要下车就下车吧！"

女的咽不下这口气，下车了。

在郊外的路上，女的一走就是两个小时，还看不到一辆出租车经过。这时候两条腿又酸又痛，那个女的向她的腿说："你们真是我的好朋友，对我不离不弃！"

过了一年，女的二十九岁了，她的上司约她吃饭，吃完又是把车驾到山上，又想和她做那一回事。最后女的还是拒绝了。上司也是不送她回家，她只有自己走路。她一边走一边向她那双腿说："你们真是我的好朋友，对我不离不弃！"

三十岁生日那天，她的一个中学同学忽然找她，他还记得这是她的生日。他们一起吃饭后，男的要求同样的事，女的终于和他睡觉了。

回到家里，她望着双腿，叹了口气："好朋友，始终要分开的！"

「男人和婚姻一样无聊」

听到某位朋友的一些消息，见到本人之后，就问道："有人说你已经离婚，还大肆庆祝，是不是真的？"

"没有结，何来离？"她反问。

"大家都以为你们是正式夫妻。"

"没错，这消息是我放出去的。出来工作的女人，有了婚姻，谈生意时对方会更尊重一些。所以当她找到了那个男的之后，就向人说我结了婚。"

"那你不是真心爱他的？"

"真心，真的真心。我爱他。"

"那干什么分手？"

"在一起之后，我发觉他完全变为另一个人。我是和那个变的人分手的，我爱的仍旧是我刚认识的那个人。当时我宣布结婚，就等于嫁给了他。不过，我认为不必去办那些烦死人的手续而已。"

"你说服得了那个男的？"

"大家都是年轻人，大家都相信爱情的伟大。情到浓时，说什么都好。"

"你现在才几岁，怎么说话那么老气横秋的？"我批评。

"不是老气横秋，是现实。"

"你不怕人家在背后说你是一个离过婚的女人吗？"

"怕呀，但是正式结过婚后离开对方，和没有结婚而分手，根本就是同样的事，怕也怕不了那么多了。"

"有没有一分伤感？"

"伤感也只是和拍拖时分开一样，并没有离婚女人那么严重。虽说只是一张纸，不过那张纸不轻呀。我现在放松得多了，以后要是找到一个合适的，再正式办手续也不迟。他也会认为我没结过婚，对我看重一点的。男人和婚姻一样，都是那么无聊的。"

「关于女人，我想说……」

好女人不会老

　　我遇到很多美女，和她们谈上一个小时，即刻知道她们的妈妈喜欢些什么、用什么化妆品、爱驾什么车。她们的一生，好像都浓缩在这短短的一小时内，再聊下去，也没有什么话题了。当然，在某些情形之下，你们也不需要很多话题。

　　女人博学一点是好事情。和博学的女人交往，可以增长许多见识。好的女人始终是不会老的。很奇怪，四十岁的女人会看上去只有三十岁。她们很有魅力，心态年轻，胸怀阔大，衣着得体。庸俗的女人则老得快；天天化妆打扮，老得更快。拼命整容？更糟糕！

女人内心都很寂寞

　　发型师都是性格巨星，不管是多么有名的演员到他们手下，他们都一定要把自己的个性放在你的头上，不经意地把人家的头大力一推，令女人折服。八婆们也犯贱，非花钱给这群野兽摧残不可，而且愈贵愈舒服。研究有这种被虐心理的女人，发现她们有一个共同点，就是内心都很寂寞。

　　长头发的女人，实在好看，令人沉迷，不能自拔。《霸王妖姬》这个圣诞故事里，参孙的长发被剪去，变得软弱，这算不了什么。女人剪短了头发，失去了魅力，较之参孙，悲哀得多。当今好不容易发现一个背影长发披肩的，他一转头，是男人。唉！

再丑也嫁得出去

　　每一个女人都有机会表现她优美、强劲的姿态，尤其是在男人最脆弱的时候，像病人爱上护士，就是一个例子。再丑的，也嫁得出去。

女人只想不断改变

人在成长过程中，思想会不断地改变。从前的理想，现在觉得愚蠢；今日之爱，是明天的后悔。人类都是执迷不悟的，非用时间去解决不可。而且变心的女人是一种很可怕的动物，她绝不会回头。

当女人主动要和你分手时，不必挽留。只要添一句：你若回心转意，可以随时找我！这句话很管用，女人和男人一样，寂寞起来，什么事都做得出。

长得美，的确占便宜

长得美，的确占便宜，但是短暂得很。美女如果不会做人的话，一下子便令人生厌。有些女人一看平凡，但是愈聊愈觉得她们有味道，这完全是脑筋问题。还是应该把钱花在增长学识上，或多去旅行使心胸开阔。

腿部修长的女人穿了迷你裙，的确赏心悦目；腿又短又粗的女人穿了，应该入狱。天下令人最讨厌的，是一个穿了迷你裙，又拼命用双手将裙脚往下拉的作状①女人，应该枪毙。

胖女人有两种，胖得结实的不要紧，胖得肌肉松弛的，一定很懒。结实女人又分两种：面目可爱的，多数是好人；

① 作状，粤语，装模作样，装腔作势。

男女之间

相貌可憎的，危险得很。个子矮小的女人血液回转得快，所以脑筋灵活，但也分两种：长得美的，人品性格多数不差；长得难看的可能也很阴险，把你的骨头吃掉了你还不知道。

几千块买一条名牌牛仔裤，可免则免吧。除非你是世界名模，不然穿起来像冒牌烂货。七老八十了没必要扮年轻人穿牛仔裤！为什么不复古，买一条富有中国特色的黑胶绸、香云纱的？夏天穿了轻飘飘的，身材再差，给风一吹，也觉性感。

「想嫁的女人」

　　周围的朋友，"老处女"愈来愈多。当然"老处女"这个词只是用来形容还没有结婚的女人的，其实她们早就不"处"了。

为什么不主动？

　　"独身女强人，多好，逍遥自在。"我说。
　　她们惊叫："哎呀！要死了，我还是想嫁人的呀！"
　　想"嫁"，这个观念已经是完全错误的；作为一个女人，她们却说不出："我是想结婚的！"
　　现代的婚姻已是双方决定的事，为什么一定要"嫁"？

"娶"不行吗？

女人的通病就是等待人家来追求她们。既然要求男女平等，女人为什么不主动呢？

"哎呀！要死了！那不是变成女色狼？"

女色狼有什么不好？风流而不下流也不是男人的专利呀！与其羡慕那些风度翩翩的公子，为什么不自己做一个玩得潇洒的女人？

"说得对。"她们回答，"但身边的男人，有哪一个能看得上眼呢？"

罗曼蒂克的毒

的确如此，从少女时期开始，她们已中了罗曼蒂克小说和电影的毒，一直希望有个白马王子。白马王子是一种濒临绝种的动物，他们只存在于童话故事里。三十几岁的人了，还在骗自己，羞不羞！

话说回来，这也不能怪你。包围着你们的男人，学识比你们低；致命的是，他们收入也比你们低。有几个臭钱的，又扮成什么公子，实在令人作呕。略为有诚意的，样子又长得比《101次求婚》的男主角还要丑。唉。

而且，天下好男人，都有了老婆！

最糟糕的是，那些没有老婆的，有不少在搞同性恋。

必须出击

在很难得的情形之下，你邂逅了一个值得去爱的男人。

"哎呀！为什么他和木头一样，一点反应也没有？"

毛病出在男人都怕失败，怕没有面子：万一给对方拒绝，又到处乱讲给别人听，就丑死人了！

这个时候，你必须出击。

当然，如果你们在同一个地方工作，也许可以慢慢地由看电影、聊电话做起。但是如果这个男人是你在旅途中看中的，或是你认为今后接触的机会不多的，那么你就应该即时采取行动。

"什么行动？"她大叫起来。

"握他们的手呀！"我不经意地说。

"哎呀！要死了！握他们的手？别以为只有你们男人怕丑，我们女人更怕丑，万一给他们讲给全世界的人听，那我们以后怎么做人？"

别怕。这件事不是你每天做的。千万不要忘记，你是一个名副其实的"老处女"，你有你的"不随便"的声誉。

如果不幸地遇到一个衰男人，你只要打死都不认就好了。

"嘻嘻，那种男人，我怎么看得上眼？他说我握过他的手？来世吧。"你可以这么说。

我们结婚吧

万一这个木讷的男人接受了你的示爱，也紧紧地握着你的手，那么一步跟一步，最后，上床是必然的。

确保他们戴避孕套，这个年代，不洁的性，不是闹着玩的。你可以把这个回合当成健康的运动，出一身汗，调整体内荷尔蒙，好处多过弊病。

完事后，千万别忘了说："我亦很享受！"

贱？正常的性爱，怎么可以说"贱"？

"至少，你不能阻止他们认为我是一个一见面就可以上床的女人呀！"你说。

对，你要细心听下去。

和对方睡过一次觉后，不管你多么爱他，也千万要忍着，再也不要给他第二次！

愚蠢的男人以为发生了关系之后便会有下文，哪知电话也没有一个。怎么回事儿？他们开始疑惑。在寂寞的时候，他们一定会主动和你联络。

这时候你尽管告诉他，大家好过，有段美丽的回忆，再下去不一定有好收场，不如到此为止吧。

　　对方要是从此不找你，那也算了。

　　若是以为得不到女人的爱，自己一定有毛病，那么"贱"的是男人！他们会坚持要和你见面，这时你坦白地告诉他你不是一个和什么人都上床的女子。在正常的情况下，你需要先恋爱，才能做这种事。

　　男人如果答应，重新由看电影、吃饭、谈天做起，他一定会改变对你的印象，知道你是一个好女子的。终于，他说："我们结婚吧。"

　　曾经有过很多个女人接受了我的建议，现在她们抱着白白胖胖的儿女，非常幸福。也有多个不听的，到现在还在继续抱怨："哎呀！要死了，我还是想嫁人的呀！"

「女人小动作」

说起小动作，女人有好几样，男人特别喜欢看。像她们梳着长发时，的确令男人看得入迷。

有时，她们会轻轻地把遮在脸上的头发拨一拨，也是挺美的；不过这个动作，已有很多男人会做了。

女人可以一心数用：双手打髻，口中又含着发卡，用牙齿把它打开。洗头时有种种手势，接着将头发揉干，用毛巾卷起来，再把毛巾往后一揪，变成一个帽子，有趣得很。整理衣物时，她们还会利用下巴把裤脚夹住，双手折叠，真佩服她们的本领。正在感叹时，她们觉察了我的凝视，问："有什么好看的？"

回到家里，把衣服脱了，换上一件松身的 T 恤，女人感到很舒服。最奇怪的是她们不是先除乳罩，而是把 T 恤穿上后才做这件事。像魔术师一样，她们双手左插右插，一下子就把乳罩从袖口拉了出来，令人叹为观止。

遇到没有吊带、铁扣又太紧的乳罩，男人怎么想解也解不了。这时她们嫣然一笑，把扣子从背后一百八十度地转到胸前，再巧妙地打开，也是男人不能预料的事。

不过，急性子的男人还是会把乳罩一下子从上面扯下来，虽然干脆利落，但是情趣就少了很多。

现在的女子已少穿单腿丝袜了，不然除下丝袜的动作也煞为好看，尤其诱人的是双腿互擦时发出沙沙的声音。当今流行的整件双腿裤袜，实在不够优雅。

女人不明白她们脱衣服时的情境，对男人来讲，是一种多大的视觉享受。她们永远先用一条大毛巾把身体围起来再做这件事，最笨的，还要伸手去关床头灯。但也不必担心，多几次后，她们就会改正。

「
女
人
味
」

女友问我："男人心目中的女人味是什么？"

我回答："会引发三种现象。"

"哪三种？"她问。

"第一，"我说，"即刻令男人有性冲动，马上想和她上床。"

"太直接了吧？"她说，"也太过简单。怎么只有性，没有别的？"

"你问的是男人的观点，男人就是那么直接，女人不懂。"我说。

"好，那么第二呢？"她又问。

"第二是令男人觉得其他女人都失色了，"我说，"一直想在她身边流连；能不能得到她，不要紧。"

　　"好像能理解。"她说，"那么第三种现象呢？"

　　"第三是虽然不肯离开她，但是又要离开她。有女人味的女人，令男人自惭形秽。"我说。

　　"好在我没有。"她拍拍胸口说。

　　我想说："我的目的，就是讲这句话。"但是没有开口。有女人味的女人很寂寞，多数因为寂寞而给男人追到手。

　　"气质呢？"她问，"什么叫气质？"

　　"有女人味就有气质。"

　　"是不是可以培养出来的？"

　　"一半，一半。"我说，"天生一副懒洋洋的个性，也形成女人味，这不是可以后天学习得到的。"

　　"那么什么是男人味？"她问。

　　"男人味引发的现象，只有一种。"我说。

　　"那是什么？"她追问。

　　"令女人暗恋一辈子，永远开不了口告诉他，就是男人味。"我拍拍胸口说，"好在我也没有。"

不能憎恨的男人

"哈哈哈哈哈。"大笑五声，是辛铁儿的注册商标。

是的，我从来没有遇见过另一个像她那么爱笑的女人，但她命苦，从小没父亲照顾，养成了像名字一样刚强的个性：凡事不管大小，都一笑置之。

她已经有二十六七了吧，在一家律师行工作。大家认为她将是一位法律界新星。

他是我的父亲

闲时，她与一班做金融和地产的女子一起出来玩。爱吃东西、爱喝酒，是她们的共同点，也是我最喜欢和她们混在一块的原因。

今晚，女人大谈她们的男朋友。

"不太英俊、人很好的，都有老婆。"其中一个说。

"又英俊又好的，又是独身的，都在搞同性恋。"
另一个说，"天下男人去了哪里？"

只有银行副总伊凡不出声，笑得甜蜜蜜。大家都知
道她已找到理想的对象，逼着她说出来。

"这个人，那张嘴把我骗得好开心，"伊凡说，"又
没结过婚，只是年纪大了一点。"

"哈哈哈哈哈。"辛铁儿笑，"那是什么问题？我
们这种单亲家庭养出来的孩子，都有一点恋父狂，年纪大
才稳重呀。"

"床上功夫是不是很了得？快讲来听。"其他女子
围着伊凡不放。

伊凡点点头，涨红了脸，愈讲愈小声："最杀死人的，
还是……"

几个女人凑过头去，"哇"的一声叫出来。

辛铁儿忽然问："他是不是长得高高瘦瘦的，胸口
有一块像老鹰一样的红色胎记？"

"什么？"伊凡惊讶，"你也认识他？"

辛铁儿大笑五声："这个人不知道已经有多少个老婆了！"

"他是你以前的男朋友？"伊凡问。

"不。"辛铁儿说，"他是我的父亲。"

一大群女人都静了下来，不知说什么才好，转个话题，谈化妆品去了。

怎么会恨他？

饭局散后，我把辛铁儿留下："我很想听听你父亲的故事，你很恨他？"

"哈哈哈哈哈。"辛铁儿又开朗地笑了，"那么可爱的男人，怎么恨？"

"可是他离开了你母亲呀。"我说。

"我妈妈也没恨过他。"辛铁儿说，"从我小时候起，她对我说的，只是他的好话，没有一句怨言。

"他们是在一个八号台风的晚上摆酒的，外公还担心客人不来呢。有了我，他就到法国去了，从此没有音讯，也不寄钱来……

"我也问过妈，这么一个男人，你不恨他吗？妈妈说，他没回来，一定有他的原因。

"后来我们才知道他去了巴黎，遇到严重的车祸，差点死掉，由一个法国女人看顾他，结果他和那法国女人又摆了酒，生了我第一个妹妹。"

"第一个妹妹？"我好奇，"还有第二个吗？"

"我一共有四个妹妹。"辛铁儿又笑了出来。

"都是同一个老婆？"我问。

"才不。"辛铁儿说，"和那法国女人分开之后，他搞上一个从内地来的女人，生了第二个。外边有个德国情妇，又生一个。最后他和妈妈复合，生了第四个，都是女的。他如果有儿子，长大了也会像他那么骗人。"

"你觉得你爸爸讲的都是假的？"我问，"包括车祸？"

她想了一想："真的假的又有什么关系？大家都不恨他嘛。有一次妈和我去法国，爸请我们所有人在一块吃饭：四个老婆，五个女儿。起初气氛还是很僵的，后来他又用他那把油嘴骗得我们都笑哈哈。"

"他在法国干什么？"我问。

"在诺曼底开了一家很出名的法国餐厅，也投资房地产。生活好的时候才联系我们，后来生意失败了，又不见人。他说过，和他在一起，只有欢笑，不许悲哀。"

"和你妈妈生了另一个妹妹后，他又走掉？"

辛铁儿点头："现在他又回到香港勾引年轻女人，经济应该转好了吧？"

"你妈妈后来有没有男朋友？"

"她一生中，只爱他一个。"辛铁儿说。

"他到底是怎样让女人那么死心塌地的？"我问，"我最想听的，还是你怎么认得出伊凡的男人是他呢？"

辛铁儿回答："伊凡说，那男人和她做完爱后，拿热毛巾替她擦身体。一般男人做完那件事喜欢冲个凉就走，我们女人喜欢静静地躺在那儿。那么体贴的男人，还有第二个？"

"你怎么知道他有这种习惯的？"

"在一个很静的晚上，妈妈告诉我的，还说他胸前有一块像老鹰的红胎记。这是我们母女最亲密的一刻。我在当少女的时候，还是不了解。现在长大了，男朋友也多了，他们没有一个比得上我父亲。你说，我怎么会恨他？"

辛铁儿说明天一早还要上班，我拥抱了她一下，目送她走出餐厅。

当女人变成神棍时

小时候见奶妈求神拜佛，甚不以为然。

"灵吗？有用吗？"问道。

奶妈以她最简单、直接、淳朴的道理回答："拜时什么都不用想，已是福气。"

当年，我是听不懂的，但是奶妈的神情是自然的，是慈祥的。

渐渐地了解了片刻安详的重要，再也不敢质疑女人为什么那么迷信。但是通过今天的观察，我发现求神拜佛已变成一件讨厌的事。

从情感或经济上出问题开始

天真可爱的少女，很少信佛，她们最多跟姑妈们到庙里走走，胡乱地朝拜一番，只觉得好玩罢了。

不知从什么时候，少女开始不吃牛肉。

失恋，做错了事，祈求运气的转变，自信心动摇……女人盲目地加入了宗教的行列。

从不吃牛肉，变本加厉到每周吃一天斋，直到放弃吃任何肉类，完全素食为止。

接着家中设了佛坛，购入香炉，添上念珠与木鱼，偶像由明星变为观音菩萨、天后娘娘和关公，是由她们嫁了人，情感或经济上出了问题而开始的。

忽然有一天

一个好端端的女人，忽然有一天，跪在地上，手举重棒乱敲一番。问她干什么。她回答说在打"小人"。当然，这个无辜的纸公仔，是"狐狸精"的替身。

一个好端端的女人，忽然有一天，她对着一张印着"贵人"或"财神"的小红纸膜拜。

一个好端端的女人，忽然有一天，她做什么事都要看过黄历才能行动。

接着下来的，是看到她们把床由这个角落挪到那个角落。问她为什么。她回答说，换换风水。

包给风水师傅的红包一个数千元，大量的金钱花在巨大的办公室上，酬金以中国旧尺寸计算，不是现代化的分米、米。

将任何错误都归咎在生辰八字上。女人常常算个老半天，才发现她的父母连她的出生时间是早上或晚上都搞不清楚。

更多的金钱花在看命、看相上，左看右看，女人的结论是算命师傅所讲的，好的不准，坏的一定来。

不求甚解

人类的求知欲极高，不断地寻求答案：人生有何意义？男女为何邂逅？我们很冷静地从加减乘除问到逻辑，更以哲学来分析。当哲学也解答不了的时候，我们只有向哲学的老大哥——宗教请教。老大哥说："男女为什么相遇？很简单，缘分嘛。"

从此，"缘"这个字一直存在于我们的生活之中。

女人不同，她们信仰宗教绝对不是为了做学问，对谈哲学也毫无兴趣，怎会去研究佛经？

记忆力好的会把整篇《大悲咒》背下来，差一点的念念最短的《心经》，但是"般若波罗蜜多"是什么意思？意大利文或是客家话？她们大多不求甚解。

因为寂寞

女人拜佛绝大多数是有目的的。要求诸事，一跪在神明面前即刻索取：求老公快点抛弃二奶，求儿女进间好学校，求一笔横财，求菲佣听话不偷钱，求……而且，她们还向神明开条件，如果一切如愿，明年才烧乳猪来还神。问女人弘一是谁，十个有九个不知。

最讨厌的是她们随便跟着一个三四流的和尚，就法师前法师后地打躬作揖，然后听了一点似是而非的道理，便把这个轮回理论向周围的八婆重播又重播。这些和尚说的不过是禅学中最基本的故事，已听过几百次。有些和尚还举行大会演讲，叫人捐钱，真是佛都有火。

当女人也变成"神棍"时，最开心的应该是她们的老公：嘻嘻嘻，你越花时间去拜佛，我越有空闲到外面鬼混。反正你们越来越慈善，有一天把二奶接回家来你们也不发脾气了，嘻嘻嘻。

可怜的女人，为什么求神拜佛？总结起来，答案只有一个：因为她们寂寞。

自性真清净

求精神寄托的方法不可胜数，刺绣、种花、古筝、阅读，这些只是万分中之一。每种知识都可变成一门专门学问，只要向神坛争取回一部分的时间，每个女人都可寻回无限的人生乐趣。

弘一法师最常用的一句话是："自性其清净，诸法无去来。"

连德高望重的高僧都教你们不必拘泥了，为什么你们还越陷越深地把自己当成老尼姑？

对宗教发生兴趣是件好事，步入中年，不管男女，都能在禅学中得到安宁。

我认识的一些好女人也拜佛，她们的态度是超然的、不强求的。她们信信风水命相，当成参考，心安理得，命运还是掌握在自己手中的。

宣扬看开的"女神棍"，自己最看不开。看开了，默然微笑，还有必要向人声嘶力竭地宣扬？

保持"自性真清净"的少女心态去信佛，最令男人着迷、永不厌倦。

好女人不会老

——

女人手袋

女人提着手袋，不但方便，而且手袋也是个身份的象征，所以手袋的名牌厂赚个满钵。

可怜的是这个手袋，上餐厅时不知放在哪里，甚碍手碍脚。某个时期，还有人发明了铁钩，让女士们挂在桌边。

但是女人生性贪心，手袋中东西愈装愈多，铁钩不够吃力，也就扯直了，皮包"吧嗒"一声掉下了地。有时又给侍者撞一下，皮包里的物品掉下去时像天女散花：口红、粉盒、香水、避孕套，跌得满地都是。

所以，女人便把手袋放在身体和椅背之间。保持那样的状态吃饭，是多么不舒服的一件事！

既然同样不舒服，就来一个背包吧，一方面可以返老还童地重做学生，另一方面又可以模仿日本女子穿和服的样子。

"你们找手袋中的东西，"我常问她们，"是用眼睛看的，还是用手摸的？"

如果答案是前者，那么这个女人是理智型的，很冷静地做人；要是用手摸，则多数是感情用事的。这个推测很少出错，你们自己分析自己的性格，就知道我的观察结论差不了多远。

手袋中放食物的女子，是热爱生命的。她们爱吃东西，又没有时间进食，装食物在手袋里便可任性地想吃就吃，非常可爱。

女人拿皮包，要不就是大的，愈大愈大方；要不就是最小的，小得像个绣花荷包，也很文雅。拿中中间间、不大不小的包，代表这个女人的个性纠缠不清，让人受不了。

很想看看女人的手袋中装了什么东西，但这是隐私，绝对不能冒犯。女人也该尊重这个游戏规则，就算几十年夫妇，也不该偷看男人的东西。

"非看不可！"女人宣布。男人无奈地答应，这时候，他已不是一个人，他变成了女人的手袋。

空姐制服

在机场看到的重点，不在于商店和餐厅，而是一群群穿同样制服的空姐。

虽然近年的空姐，面貌和身材都较从前的差了很多，但是一大队人走出来，还是夺目的。

在香港国际机场见到的，当然以国泰的空姐居多，红色是她们一贯的标志。新款的制服，让她们看起来端庄；裙子短了，也让人更加年轻了。如果要我挑最佳空姐制服，国泰的是首选。

新加坡航空的空姐制服，至今不变——南洋味道，相当永恒，可以一直用下去。颜色也调配得好，其他公司的类似设计，看起来就没那么舒服。

日航的和英航的空姐制服一样，都很保守，模样变了又变，但是老姑婆装还是老姑婆装，绝对显不出味道。更加老姑婆的是美国航空公司的制服，将人包得像一个粽子，大概是要照顾到乡下佬的口味。

阿联酋航空的空姐制服，虽然同样包得密实，但是好看得多。帽子上的那条长纱已先声夺人，给乘客留下好印象。

维珍航空也用红色的空姐制服。这家公司的老板是个嬉皮士，最先想让空姐穿牛仔裤，后来航线愈来愈多，牛仔裤也改为制服，就没那么疯狂，逊色得多了。

空姐是一种很矛盾的行业。女子从年轻做起，一到资深，就老了，穿什么制服也好看不到哪里去。

从前的女子还希望借此机会多旅行，现在机票愈来愈便宜，这已不是这个职业的优势。空姐的薪金也降低了很多，有些公司还计算得很准，不让职员在外国多住几天。即使公司大方，当今机场都离市区远，入住机场附近的旅馆，也不怎么好玩。

飞机越来越大，空姐就愈发忙得要死。我曾经说过：目前航空公司的招聘，以体力取胜，空姐个个是女泰山。但你不做有人做。竞争之下，听说韩国航空要请大量的性感空姐招徕。他们有条件，韩国女人多嘛。拭目以待。

最新化妆品

　　看 Bloomberg News（彭博新闻社）国际新闻台，有个女主播，样子过得去，但我十分怕看见她，一看到就要转台。

　　为什么？此姝化的妆真让人受不了。

　　为什么那样令人讨厌？就是那双眼睛了。她在眼角处画了白色，以为这么一来，眼睛就会更好看！

　　美你的头！那简直是两堆眼屎呀！好像起床不洗脸，肮脏得不得了。

　　我们拍电影时，男女主角潦倒，沦落为乞丐，蓬头垢面，化妆师一定在他们的眼角画上白色的眼屎，同一回事。

女人一化妆，化得恶劣时，不如不化。一旦化了，不是狐狸精就是摄青鬼，非常非常之恐怖。她们还扬扬得意，真是令看的人作呕。

　　一般的毛病，是连假睫毛都不会粘，买来就那么一排粘了上去，看起来像两把牙刷或两把梳子。这是懒惰的表现，这种女子一看就知道是不肯努力、不求上进的。把假睫毛修整一下不就行吗？由长剪至短，有多自然是多自然，才是功夫呀！

　　更普遍的，是只化脸部，连颈项也不去粉刷一下。拍的照片，像戴了一个能剧的面具。瞻仰遗容时，化妆师也会涂涂她们的颈项；活着时，自己动手吧。

　　懒人是没有药医的，不管你买的是什么化妆品，SK-Ⅱ（护肤品牌）、蜜丝佛陀，或者更高档的资生堂与La Prairie（莱珀妮），都没有用。

　　愈老化妆品愈要涂得厚，是一个错觉，应该相反才对。淡妆会留给人家一个清洁的感觉，很多女人都不知道这个道理。

「

丑
女

」

看美女是我的职业。

像当店里的学徒，起初什么都不懂。做学徒怎能升
为老师傅？很简单，将货比货——好的和坏的一比，当然
知道谁是头等，谁是次等。久了，便成为专家。

我现在看女人，一眼望去，从头到脚，仔仔细细，
绝不遗漏。

换个长镜头看特写，割过双眼皮、弄高了鼻子、装
了下巴，以及在本地手术还是在日本开刀，即能分辨。

隆过胸也不难看出，要是对方肯露一点点的话。而
且隆了胸的女人，绝少不了展示一番的。多数形状就不自

然，最明显的是，躺下去还是挺着的。

腰不能作假，露脐装最能暴露缺点。女人腰一粗，即打折扣。

修长的腿即增分数。腿也不能做手术，从前有个日本整容医生说过："要是我可以在腿上做功夫，早就发达了。"

屁股就可作假骗人，现在有种厚得不得了的底裤可以用来伪装臀部。

时常有人问我："你认为最漂亮的女人是谁？"

我不敢回答，怕得罪天下自以为美女的雌性动物。

长得清清秀秀、干干净净的，都是美女。只要看得舒服的，都是绝品佳人。

这种女人，多数是你的母亲。老婆看来看去，总觉得平凡。

丑女人只要有可爱的个性，看得多了不让人生腻的话，都能变为美女，尤其是当你生病她勤加照顾的时候。

被公认为最漂亮的女人，接受访问的话，答案全是一样的："我最美的应该是我的气质、我的性格。面貌只是一部分我妈妈、一部分我爸爸。你称赞我漂亮的地方，完全不是我自己的东西，有什么值得骄傲的？"

丑女人听了，应该有自信了吧。

「
文
眉
」

天下最恶心的事情之一，是女人文眉。

早期文眉黑黑绿绿的，像把流氓的手臂搬到额头下，后来渐渐淡了，变成棕色。这也好，和目前流行的头发颜色相衬。只是女人不满意，又在文眉上涂黑，那么原先文来干什么？

"我女朋友的眉文坏了，蔡先生，听说你认识很多日本的整容医生，请您请他们看看有没有救。"友人带女友来求我。

不看还罢，看了差点昏倒。他女朋友的眉不仅粗大，还长长方方的，像两片香口胶，不过是一上一下罢了。

"左边文了觉得右边太细，右边太粗了又去文左边。"她哭丧解释，"结果左边高右边低，文上文下，文到现在这个样子。"

　　勉为其难地花长途电话费打给梅田院长，院长说："啊！没有救！"

　　"你就给人家一点希望吧！"我说。

　　"嗨，嗨！"梅田院长说，"唯一办法，是用镪水腐蚀，就像'黑社会大阿哥'要洗底时，用镪水蚀掉背上的刺青一样。"

　　我把消息告诉了友人的女友，她吓得脸色苍白，双眉更显粗大、上下不齐。

　　后来遇到另一位友人的妹夫，也是整容专家，他说："现在不必那么辛苦了，可以用激光把刺青消除，就像除痣和除寿斑一样。比较棘手的是消除眼线，现在很多女人文完了眉还去文眼线，大家都知道眼睛部分最敏感。"

　　太贪心了，太过分了。医生说："用激光把皮肤表层烧掉，靠眼睛的地方会很痛。虽然可以局部麻醉，但还是会听到啪啪的声音，像烧柴时的爆裂声。"

　　"那多恐怖！"我叫了出来。

　　医生继续："最恐怖的还是自己可以闻到一阵阵的焦味，像在烧叉烧！"

　　听了把我笑得从椅子上掉到地上去。

「头发与发式」

女人的头发，看惯了就顺眼，像我们自小接触古装剧，对她们盘的髻能够接受；反观韩片中宫女头上的，就觉得有点可笑。

我一向喜欢长发姑娘，垂直汤面挂脸的，最好看了。不然一头蓬松的卷曲长发，亦甚可爱。对长发的印象，来自奶妈，或编辫子或盘髻，都优雅。

忽然在《罗马假日》里看到奥黛丽·赫本的男仔头，吓了一跳，这完全违反做女人的规则嘛。好在她长得不难看，不然一生人将憎恨把头发剪短的女子。

再怎么多看，也不会觉得非洲女人的细曲头发有什

么美。短起来似一粒粒的仙丹，长了像一条条的毛虫，下辈子转世做个非洲汉，再去欣赏吧。

金发女人，像拥有玛丽莲·梦露的嘴唇和身材的，笨点都不要紧。她们的长发虽说是金色，但有时看起来像灰色的，她们个个都是白发魔女。

欧美女子的头发，最美的是所谓chestnut color（栗子色）的，棕色之中有黄金的光辉来间隔，非常漂亮，不管是长的或短的。

西方女人，一长了黑发，就有野性。意大利的多，

好女人不会老

她们少女时期魅力不可抗拒，但意面吃得多，一下子胖了，头发什么颜色都不好看。

红发的女人相当恐怖，只有几位好莱坞美女满头红发也非常好看，像 Rhonda Fleming（朗达·弗莱明），那头卷发像一团火焰，美不胜收。

有些染紫、染绿的，违反天然，说什么也是人工的，装在机器人头上吧。

再次惊奇，那是看到东方女子的黑发一下子消失了，大家都染棕、染赤；除了穷困的缅甸和柬埔寨，东南亚再也看不到一个黑发的女子，令人惋惜。

也不是全黑和长的头发我都喜欢，看到《四谷怪谈》中的黑长发，就想起鬼来。

一生人最讨厌的是乌克兰女人的金发，她们还梳起辫子，在头顶上缠了一道。最近常在电视上出现的季莫申科就有这种发型，让她看来好像一架拖拉机在喊口号，令人毛骨悚然。

高跟鞋

外国人都骂中国人让女子缠脚的野蛮，他们的女人，自动献身穿高跟鞋，穿得脚都变形，岂非犯贱？

女人小脚，我想我是接受不来的，但穿高跟鞋的女人的确好看，要是她们的腿修长的话。愈高大的女人，愈应该穿高跟鞋，让那些矮男人去死。

专家研究说，穿高跟鞋会令女人患种种疾病，最为严重的是人格分裂。哈哈哈，人格分裂的女人很好玩呀，只要是不娶来做老婆的话。和她们交往，等于同时认识两个，多好！

凡事过分了就不行，高跟鞋并不需要天天穿、一天

从早穿到晚。出席宴会时、和男朋友相约时穿好了，谁叫
你穿出病来？

　　曾经与穿惯高跟鞋的女子欢乐过，见她们露出了畸
形的脚趾，即刻反胃，宁愿她们连做那回事时也不脱下高
跟鞋来。

　　高跟鞋，最多也是到七厘米为止。十一二厘米的那种，
一点也不美观，女人穿上，等于自暴其短，绝非淑女可为。

中国女人身材的缺点，在于腰长腿短，以为穿高跟鞋可以补救，其实大错特错。试想一个矮冬瓜穿上一双十厘米高的高跟鞋，是怎样的一个丑态？洋妞的腰短腿长，才有资格。

穿上高跟鞋的女人走起路来一跳一跳的，乳房和屁股都跟着晃动。高跟鞋让男人产生很多性幻想，发明者应该得到诺贝尔奖，可惜三千年前还没有诺贝尔奖。

但是一切露出来的东西都比不上隐藏着的。曾经看过长发的越南女子，一身单薄的白奥黛，开衩处也看不见小腿，给一件香云纱的黑胶绸包住。咦，腿怎么那么长？原来里面穿了一双高跟鞋，简直是绝品。

女强人也可以用同一个方式，穿西装长裤，再来高跟鞋。可惜她们的品位多数不高，只肯在着迷你裙时穿上高跟鞋，而大腿小腿比猪腿还粗。唉，看不下去。

长
发

长头发的女人，实在好看。

面容如何，先不去谈。长发女子不但使男人一见钟情，而且她们点点滴滴加起来的一种美态，令人沉迷，不能自拔。

第一个动作，她会把头发钩在一只耳朵的后面。真是奇怪，一边露耳，一边发遮，才能成型。蠢女人两边耳朵都露出来招摇过市，就俗气熏天，无可救药。

第二个动作，头发被风吹乱，把头大力一摆，即刻整齐。

第三个动作是加强第二个动作的，干脆把头垂下，让头发完全散开，再仰首，令头发即刻整齐地飘在肩上。

女人在梳完头后也常做这动作，使其生动自然。

　　谈到梳头，长发女郎会抓着自己的头发，左边梳梳，右边梳梳，很少兜头由前额梳到后面去。

　　将长发结成马尾时，她们双手忙碌，把发夹或胶皮圈咬在嘴上的动作，煞是美妙。这时她们必然胸部挺起，双臂露出，更显得是一百巴仙的女人。

　　至于长发女人在洗头时的各种美态，更是不能一一形容。以毛巾揉干头发，已是天下最性感的一回事。

　　汽车空调的发明，对长发来讲，是一大罪过。当年开着玻璃窗，强风吹来，少女的长发扑面而来，微微的刺痛，加上一阵阵的清香，那让人随时可以死在她怀抱的感觉，已不再。

更大的罪过是《罗马假日》里的赫本。自从她出现，世上少了多少个长发女郎！

现在在银幕上和电视机里，男人状短发的女子居多，这也许是想学做女强人的低能办法之一吧。

「
爱
吃
的
女
人
」

　　和我一起吃过东西的人，都知道我的食量不大，所有食物，浅尝而已。但也别以为我什么都吃少少，遇到真正的美食，我还是吃得很多的。

　　近来，我已经将试味和饮食分了开来。到了餐厅，见到佳肴，我会吃一口来领略厨师的本领，但绝不满腹。真正的吃，是一碗白饭或一碟炒面，没什么作料，仔细欣赏白米的香味和面条的柔软，适可而止，最多是吃个半饱而已。

　　其实，与其说我爱吃东西，不如说我爱看别人吃东西。一桌人坐下，我只选自己喜欢的几样。

　　请我吃饭最合算了，我不会点鲍参肚翅，遇到一尾蒸石斑，也不过是舀点鱼汁来捞白饭。

从吃东西看女人

看女人吃东西最有趣，有时不懂得命理，也能分析出对方的个性和家庭背景。比方说主人或长辈还没举筷，自己却抢最肥美的部分来吃的，或者用筷子阻止别人夹东西的，都属于自私和没有家教的一种人。

进食时啧啧、嗒嗒、啯啯地发出巨响，都令人讨厌；不断地打噎而不掩嘴，也不会得到其他人的好感。餐桌上的礼仪，就算父母没有教导，也应该自修，不可放肆。

但是美女例外，她们怎么吃，发什么声，都让人觉得可爱。小嘴细噬最漂亮了，即使是张开大口狼吞虎咽，也性感得要命。丑人多作怪的八婆吃饭出声就不能原谅，真想一脚把她们踢出餐厅大门。

开怀大嚼的，没有坏人，时间都花在欣赏食物上，哪有心机去害人？爱吃的人，享受食物的人，大多数是个性开朗的，她们不会增加你什么麻烦，不管在金钱上还是感情上，的确值得交往。

曾经有过几位被公认为大美人的，红烧元蹄一上桌，

你一箸我一箸，谁管去减肥？一下子吃得干干净净！你看，那是多么痛快的一回事！

最不想看到的是节食中的八婆，要保持身材苗条我能理解，那么干脆食素好了，为什么又贪吃又怕胖？夹了一块肉，拼命地把肥的部分用筷子仔细清除后才放进口。吃鸡时，皮剥了又剥，放在碟边，变成一堆不洁的东西，看了就令人反胃。

就算不吃肥肉，不吃皮，为什么不学一学那些好女人？她们会向旁边的男士说："你选一块没那么多油的给我好不好？"

这么一来，你怎么会厌恶她呢？

又见过一位什么都大吃特吃的女人，旁边的八婆看了，酸溜溜地说："这个人一定患忧郁症，所以要用食物来填满空虚的心灵。"

去你的，大食姑婆才是最可爱的人物，她们又不会来侵犯你，为什么要那么尖酸刻薄地来批评人家呢？我听了打抱不平，向那些八婆说："你们心理才有病。"

相反地，也遇过一位什么东西都不吃，只顾喝酒的女子。旁边的人一直夹餸给她，她也不拒绝，因为她不觉得有什么必要向人解释她只爱酒。最后，面前一大堆食物，她向身边的人说："请侍者包起来，你拿回家去当夜宵吧。"

这种人物，也着实可爱。

真正热爱食物的女人，和陪你吃东西的女人，是不同的，一眼就看得出。前者见到佳肴，双眼发光，恨不得一口吞下。后者把东西放进口后，又偷偷地吐出来，或者咬了一小口就摆在碟上，在你的面前装着享受，但是从举止和表情中就能看出她对食物的厌恶。这种女人最假，防之，防之。

也有一边大鱼大肉，一边喊着"死了，吃那么多怎么办"的女人。这一类最难分辨她们的好坏，可能是很坦白，也可能是做作，但两者皆为性格分裂。

还有一种肯定是讨厌的。在宴会中经常遇到一些中年夫妇，太太什么都吃，胖得要命。而先生呢？瘦得像电线杆，他一举筷，老婆即刻着紧①地发出警告："胆固醇已经那么高了，还敢吃？你吃死了不要紧，千万别爆血管，半身不遂要我照顾！"

怪不得倪匡兄常说："人一上年纪，如果要活得快乐，有两种人的话千万不可听，一是医生，一是太太。"

有些先生更不幸，娶的太太是医生。

① 着紧，粤语，着急，关心，在乎。

好女人不会老

吃自助餐的女人

在自助餐中，最容易看到女人的贪婪。多年前，有一个臃肿的胖女人，无男不欢，一天数回合。此消息爆了出来，八卦周刊称她为"欲海奇葩"。

一次吃自助餐，有一个肥婆，整碟食物装得满满的，嘴巴旁边都油腻腻的，也来不及去擦，还无数次来回走动取新的食物。这件事千真万确，绝非虚构。我的友人看到了，向她说："你真是一个食物的'欲海奇葩'。"

笑得我们从椅子上跌落在地。

自助餐上，也能看到女人优雅的一面。有一个女人拿着空碟子，左一点右一点地拣食物，黄的鸡蛋、绿的海藻、红的西红柿，像在作画。人和食物，都美得不得了，爱死这种女人。

节省

朋友的女儿结婚不久，已怀了孕。

"东西都那么贵，吃什么才好。"快要做母亲，她懂得节省了。

"吃鱼呀！"我说。

"鲳鱼也要卖到一百多块一斤了。"她说，"有没有更便宜的？"

"鳗鱼、鲮鱼，都很便宜。"我说，"而且还是游水①的。最好是吃生鱼，生鱼最补。买条生鱼，请鱼贩切片，水一滚，投下去灼，加大量芫荽和姜后，放点盐，其他什么都不必用，已经很甜，又好吃。"

② 鬼佬，粤语，贬义，
指洋人，外国人。

“生鱼还是贵呀。”她说。

“那么吃肉好了，肉比鱼还要便宜。”

“肉排也要花很多钱的。”她说。

“谁叫你吃肉排，肉排又老又硬，是鬼佬②才吃的。”
我说。

"有什么其他的肉可以买？"

"从前最便宜的是猪头肉，现在也贵了；但可以买'猪肺捆'，是包在肺部的那一片肉，没有人要，肉贩多数留来自己吃，带着筋和软骨，好吃得不得了。"

"咦，那么脏。"她说。

"内脏也很补，猪腰、猪肝，吃了对身体有益，当今卖得很便宜。"

"胆固醇太多。"她说。

"婴儿也需要好的胆固醇呀。"

"猪腰怎么做？很容易过老。"她问。

"过老就过老。请肉贩片个干净，再下大量的盐去煮，又加姜丝，等冷后切片来吃，很美味。"我教她，"怀孕时期，多花点钱也不要紧呀！"

"不行。"她说，"等生了再花钱吧，这几个月还是要省的。"

"唉，"我长叹一声，"何止这几个月？儿女一生，一辈子都要节省。"

「才女」

当代的才女，必须受过大都会的浸淫：上海、伦敦、巴黎等。

眼界开了，接触到比她们更聪明的男女，才懂得什么叫谦虚，气质又提高到另一层次，这是物质不能提供的。

去美国也行，但只限于纽约。当然，纽约不应该属于美国，她和欧洲更搭配。即使不住纽约，最少也得生活在东部，像波士顿和新英格兰等，说起英语来，才不难听。

最忌加州，那边的腔调都是美国大兵式的，而且每一句话的结尾，全变成一个问号，听起来刺耳，非常令人讨厌，才女的气质即刻下降一格。

除了这些大都会，印度、尼泊尔这些国家，非洲、中东、东南亚，甚至南北极，都得走走，学习那里的人是怎么活的，才能懂得什么叫精彩。

才女必须热爱生命、充满好奇心，在背包旅行的年代，享受苦与乐。如果是由父母带去，只住五星酒店，也不够级数。

基础应该打好，不管是绘画、文学、电影还是音乐，都得从古典的着手学习，根基才稳。一下子乘直升机，最先了解抽象派、意识流、新浪潮和 Rap（说唱乐），以为那是最好的，就走入了歧途。

时装虽说庸俗，但也得学习。尽看当代名家，不知道古希腊人鞋子之美，也属肤浅。首饰亦然，有时一件便宜货，已显品味。

爱吃东西，更属必然。饮食是生活最原始的部分，不得不多尝。试尽天下美味，方知什么叫最好，因为有了比较。这么多条件，一定要有大把金钱撒？那也不一定，有了勇气，在任何环境下都能生存，从中学习。

说到底，最重要的还是了解男性。从书本上当然可以汲取知识，但在现实生活中，多交些异性朋友，不是坏事。"滥交"，那是数百、几千年前的说法，不必理会。有了这种豁达和开朗的个性，才能谈得上才女。不然，最多只是一个没有品位的女强人而已。

看人

人活到老了，就学会了看人。

看人是一种本事，是累积下来的经验，错不了的。

以貌取人

古人说，人不可貌相。我却说，人绝对可以貌相。
我是一个绝对以貌取人的人。

貌相也不单是看外表，是要配合对人的眼神和谈吐，
以及许多小动作来观察的。这一来，看人更加准确。

獐头鼠目的人，好不到哪里去。和你谈话时偷偷瞄

你一眼，心里不知在打什么坏主意。这些人要避开，愈远愈好。

大老板身边总有一群人嬉皮笑脸地拍马屁，这些人的知识水平不会高到哪里去。虽然说要保住饭碗，但也不必做到这种地步。当得上老板的，哪个不是聪明人？他们心中有数，对这群来讨好自己的人，虽不讨厌，但是心中不信任，是必然的。

说教式地把一件不愉快的事重复又重复的，是生活刻板的人、做人消极的人。这种人尽量少和他们交谈，要不然你的精力会被他们耗光。

年轻时不懂，遇到上述这些人就应马上和他们对抗，给他们脸色看，誓不两立，结果是给他们害惨。现在学会对付，笑脸迎之或当他们透明，但心中还是一百个看不起。

看女人

愁眉深锁的女人，说什么也讨不到她们的欢心，不管多美，也极度危险。这些人多数有自杀倾向，最怕是她们有这个念头时，拉你一块走。

这种女人送给我，我也不要。现实生活上也会遇到像林黛和乐蒂这样的人，都是遗传基因使她们不快乐的。

大笑姑婆很好，她们少一条筋，忧愁一下子就忘记，很可爱的。不过这些女人多数是二奶命。二奶又有什么不好？她们大笑一番，愉快地接受了。

　　爱吃东西的人，多数不是什么坏人。他们拼命追求美食，没有时间去害人。大笑姑婆兼馋嘴，是完美的结合，这种女人多多益善。

　　样子普通，但有一股灵气的女人，最值得爱。什么叫有灵气？看她们的眼睛就知道。你一说话，她们的口还没有张开之前，眼睛已动，用眼睛告诉你她们赞不赞成。即使她们不同意你的看法，也不会和你争辩，因为她们知道，世界上要有各种意见，才有趣。

　　我们以前选新人，二十世纪六七十年代中一部片就是上千个候选人，谁能当上女主角，全靠她们的一对眼睛。有的女人长得很美，但双眼呆滞，没有焦点。即使是演一个小角色，这种女人也怎么教，都教不会。

　　自命不凡、以高姿态出现的女强人最令人讨厌——她当身边的人都是白痴，认为只有自己一个才是最精的。这种女人不管美丑，多数男人都不会去碰她们，从她们脸上可以看出荷尔蒙的失调。

怎样学会看人？

"我还很年轻，要怎么样才能学会看人？"小朋友常这么问我。

要学会看人，先学会看自己。

本人一定要保存一份天真。

像婴儿一样，瞪着眼睛看人，最直接了。

沉默最好。学习看人的过程之中，牢牢记住就是，不要发表任何意见，否则即刻露出自己无知的马脚。

注视对方的眼睛。当他们避开你的视线时，他们的毛病你就看得出来了。

也不是绝对地不出声。将学到的和一位你信得过的长辈商讨，问他们自己的看法对与不对。长辈的说法你不一定赞同，可以追问，但不能反驳，否则人家嫌你烦，就不教你了。

慢慢地，你就学会看人了，过程之中你一定会受到种种创伤，就当交学费，不必自怨自艾。

两边腮骨突出来，有所谓的反腮的，是危险的人。他会把你吃光了，骨头也不吐出来。以前我不相信，后来看得多了，综合起来，发现有这种脸型的人，坏人实在占多数。

　　说话时只见口中下面的一排牙齿的，这种人也多数不可靠，陈水扁就是一个例子。

　　一眼看上去像一个猪头的，这种人不一定坏，但很有可能是愚蠢的、怕事的、不负责任的。

　　从不见笑容、眼睛像兀鹰一样的，阴险得很，德国的希特勒，就是例子。

　　什么时候能学会看人？年纪大了自然懂得。当你毕业时，照照镜子，会看到一只老狐狸。

　　我就是一个例子。

健忘的女人

我不是一个好男人。

但是，我喜欢女人，欣赏女人。拥有此种资质，才能数女人的缺点。

不像女人

香港女人，已越来越不像女人，因为她们要扮男人。另一个原因，是在人口的比例上，她们的人数不多，所以给男人宠坏了。

最常见的例子是她们穿起裤子来。着裙的女人，已愈来愈少；旗袍，更几乎绝迹。

剪男人头、穿西装的女人不断地出现，她们以女强人的姿态入侵办公室，抢男人饭碗；她们在商界出现，甚至攻进市政厅、立法局、行政院。她们拒绝做家务，宁愿花掉所有的收入请一个菲佣，也要抛头露面。

应该受保护的不是什么珍禽异兽，而是女人这种雌性动物，恐怕今后只能在人文博物馆中才能见到。

矛盾之极

香港女人从小就幻想把初夜权送给丈夫，视之有如一件宝贝。但多数在什么节日中，像中秋月饼一样，糊里糊涂给人"吃掉"了。她们不是担心一早丧失，便是紧张什么时候才能丧失。她们顾虑一早丧失后有很多人想要，但是更害怕太迟丧失没有人要。矛盾之极，已至绝顶。

从学校出来之后，她们已经不受父母管束，自己搬出来住，以为这样就可以自由自在地大玩特玩。但她们又发觉事实并非如此，没有多少个男伴上门，所以星期天还是请双亲和兄弟姐妹饮茶，并不是因为孝顺及黐家[1]，是因为没地方去。

租的地方像一个鸟巢，偶尔有男友进门，她们一定把卧房关得紧紧的，只让他在客厅坐。当然在床上做爱比在

[1] 黐家，粤语，恋家。

好女人不会老

沙发上舒服，但是房间里实在乱七八糟的：床单已有十四天没换，几十瓶化妆品堆满浴室，地板上尽是饼干碎和巧克力包装纸。

结婚，生子

终于，她们结婚了。终于，她们有了孩子。

人类有个神话：怀孕中的女人最漂亮。

这个谎言骗了男人很久。其实大肚子女人一坐下来就会双腿张开，而且双膝浮肿。乳房虽然胀大，但给肚皮一比，还是那么小。当今她们思想进步，让丈夫进医院看她们生子，届时拼命叫喊，目的是要男人多点内疚。

孩子生下，她们捏捏睡着的婴儿，看他们醒了没有；又将家里的东西完全消毒，最好连丈夫也喷些杀虫水。

也有一些未婚妈妈。

做未婚妈妈的要有钱才行。穷女人是不能潇洒地走一趟的，不然她们留在家里看孩子的话，就会被人说没有收入，绝对是让人养的；出去外头做事的话，就会给人说不尽做母亲的责任。猪八戒照镜子，里外不是人。

做单身贵族的女强人，对周围男子看不上眼，可以上床的那些一定有太太。女强人做不成，女人偷偷地当情妇了。

"他老婆不了解他。"

"她长得太丑了。"

女人说。

但当她们在洗头铺遇上那人的太太，即刻自惭形秽，安慰自己："他喜欢我，因为我有脑筋。"

今后情妇的生涯包括了午餐后的幽会，或者偶尔的一夜的性爱。男人一边做一边看表，一到十二点，即刻像灰姑娘一样冲出她的家门。

遇到圣诞节和其他公众假期，女人又得和家人饮茶去。女人又说："不必羡慕那些结过婚的女人，她们迟早完蛋。"

果然如此。离婚后，女强人出现在公众场合，身边的男伴多数是同性恋者。运气好的时候，碰到一个钻石王老五，但他们认定她要马上到手。如果当晚不上床，下次就没有电话来了。

未嫁女强人越想越气："世上就是那么不公平，有些人还嫁了几次，怎么我们一个机会也没有？"

原因很简单，因为她们不照镜子。

即使像涂石灰一样把整个脸"换掉"，她们也照样把嘴画得大大的。这也不奇怪，她们只有靠这张嘴了："上个星期我上去的时候，坐在鲁平的旁边。"

她们把自己身份提得越高，越是嫁不出去。跟着便是乱发脾气，专挑办公室传递员来骂了。嘴边无毛的小厮待她一转头，便掩着嘴笑："更年期！"

天性

生育年龄过后，对性事的要求减少，女人所交的朋友尽是一群和她们同年纪的老太婆了。

老女人生活在一块并不是因为她们志同道合，她们通常是互相残杀，不然就是花所有时间去欺负她们的菲佣。如果经济情况没那么好，便欺负她们养的宠物。因为女人有统治的天性，一切都要经过她们管辖，她们才能瞑目而去。一家人中，最大的不是祖母，便是母亲。男人不跟她们争，因为男人已经疲倦了。

健忘

女人做尽坏事，但她们健忘，瞪大了眼睛："我讲过吗？"

女人最后的缺点，是数男人的缺点。

"这篇文章，也从头到尾数女人的缺点。你也不见得是一个好男人。"女人说。

我懒洋洋地："看第一句吧。"

女人又瞪大了眼睛："我看过吗？"

「喝酒的女人」

看粤语残片，常出现女主角被人用酒灌醉，拉到酒店，第二天大叫"我已失身"的场面。

① 交关，粤语，厉害，要命，够呛。

女人真的蠢得那么交关①，那么容易给人骗去？或者，会不会她们酒不醉人人自醉？也许，她们借醉装疯和"行凶"吧？不然，"酒醉三分醒"这句老话又从何而来？

灌女人酒太低级

"你会灌女人喝酒而后弄她们上床吗？"人家问我。

不不不不。

要用那么低级的手法的男人，也太没有自信心了。

而且，女人醉起来，一哭二闹三上吊不算，还拼命地向你喷毒气，臭得惊人！喊个不停之后，忽然，"咳"的一声，她把肚子里的东西吐遍地毯，接着便鼻鼾大作而睡。

望着这样的"一样东西"，你想占便宜吗？你上好了，不用留给我。

虽然我不灌女人喝酒，但是要是她们自愿喝几杯的话，当然是非常欢迎的。不过，通常我会把女人呕吐的怪现象回忆一下，提醒自己要预防她们到达那种可怕的地步。

女人微醺时候最好看了，双颊粉红，笑盈盈的，偶尔仰头把盖住了脸的长发向后拨，可爱到极点。

语到喃喃时，她们还会松弛地讲一些发生在她们身上的傻事，把一切过去的哀怨都变成了笑话。

有时，她们拼命打嗝，我告诉她们连喝几口白开水就会好的。她们也一点不猜疑，听话乖乖地喝下去，结果果然好了，拍掌称妙。

倪匡、黄霑和我在做《今夜不设防》节目时，也绝对没有强迫女人喝酒的那种败坏行为。我们自己喝，但不勉强人家喝。录电视节目时，我们会问对方要不要来一杯，她们要是点头，我们就把酒瓶放在她们面前，让她们自己倒来喝。通常，一个一小时的节目我们要录上两个半钟头

好女人不会老

以上。和女嘉宾们的对话，第一个小时是热身运动，多数是剪掉的。节目从她们有点酒意、谈话比较放开的时候开始用起。

风趣的女子真不少。王祖贤就说她本来是单眼皮，有一天打了个喷嚏，忽然变成了双眼皮。

为了让她们更有信心，我们一向跟她们说："如果你在录完之后觉得有哪些不喜欢的，或者不想告诉太多人的，那么我们剪掉好了。"

到最后说不必剪的居多，只有一个例外，那就是其中有一位说："我说的'人家都知道我不是处女'那一句，不太好吧。"

我们听了即刻请编导删了。

我们连这点便宜都不肯占，怎么会把女人灌醉叫她们失身呢？

喝醉的女人

不过，有时我们自己闲聊，倒是能举出许多女人醉后媚态十足地望着男人的例子。

女人一旦燃起欲火比男人更强烈，她们会坦白和自然地表现她们的本能。这一点，男人做作、虚伪得多。

其实男人是一种很怕丑的动物。想要，又担心一旦提出来，遭对方拒绝，那不是没有面子吗？要是对方向别人乱唱②，那更不得了，以后怎么见人？

当今的男人就算喝酒，也不至于糊涂到不考虑这些问题，更不会做出粤语残片中歹徒做的事。

可爱的喝醉酒的女人固然多，但是丑恶的更多。她们一醉，即刻用手揽住你的颈项，说一番似是而非的大道理，还不停地问："系唔系咁讲先？③"

有些行为是令人难以忍受的，比方躲在厕所里不出来，害人以为她在割脉；撕人家的衣服，撕自己的衣服，露出扁如茶杯盖的胸；不停地唱《负心的人》，而且唱得非常难听……

不喝酒的女人并不一定比喝醉酒的女人好，因为会喝酒的人生，至少比不会喝酒的人生，多出三分之一的快活来。

喝不醉的好女人

天下也有不少喝不醉的好女人，她们越喝越猛，生龙活虎，谈笑风生，是天下八大奇观之一。然而，她们并非欢场女郎。

见过的一位太太，端庄贤淑，人家灌她喝酒，她永

② 唱，粤语，胡说，背后议论，到处说某人的坏话。

③ 系唔系咁讲先，粤语，意思是"是不是这样讲"。

远保持笑容，一大杯一大杯的白兰地，"嘟"的一声吞下，面不改色，十几杯下来，周围的男的都倒在地下，只剩下她一个人笑嘻嘻："哎呀，怎么那么没用？"

还有另一个不停喝酒、永远不吃东西的女人，像一只猫，只饮牛奶，活活泼泼，身体一点毛病也没有。营养来自啤酒和白兰地，到现在还是每天照喝不误。

更有一个女人，喝完了酒，由女强人摇身一变，成为谐星，什么古怪动作都做得出，模仿什么人像什么人，天下的语言没有一种她不会讲。一面娱乐大家一面劝人和她干杯，给大家带来无穷的话题、不尽的欢笑。可惜最后只剩下她一个表演者，其他人都醉倒。

最后一位是早上喝、中午喝、晚上喝，平均一瓶白兰地喝两天。而且，她绝不麻烦别人，人家请客，她也自带袋装酒，主人有酒的话照喝，没酒就自动地拿出来。今年，她已八十四岁，健康得很，不喝酒那天，子女们都替她担心。这是真人真事，她是我的母亲。

温柔

香港电台做了一项关于理想女性的调查，让男人从三十项理想女性的特质之中，选出最重要的十项。结果显示，首三项是积极乐观、有自信、有爱心，但漂亮及身材好均未入前十。

这代表什么？代表了香港女人没有"性"。怪不得另一个调查指出，香港男人和女人的做爱次数全球最低，而生儿女的数目，也是千真万确非常少。男人不喜欢女人漂亮和身材好，那什么能引起他们的兴趣？

再下来的七项是聪明、大方、有学识、独立自主、细心、干净整洁，最后才排到温柔。

温柔和性也有很大的关系。数十年前，台湾地区的女子最解温柔，外地的男性到台湾工作，常被当地女人吸引，流连忘返。

当今，女子最温柔的地方变成上海了。

是的，积极乐观是好的。但香港女人积极乐观吗？倒不见得。怨妇居多。

为何变成怨妇？女强人认为同事是小男人，看不上，嫁不出去。

嫁得出去了，前三年的性生活还好，再下来就没什么乐趣可言了。丈夫不去碰她们，她们不成怨妇也难。

有自信也不错，但这种东西会爆棚的，自信过度的女人就变成武则天。你会想和武则天上床吗？

女人爱心固有，抱抱宠物罢了。也并没有很多女人在当义工。

香港也有温柔的女人，她们多数是头脑少了一条筋，一条烦恼的筋。

这种女人，嘻嘻哈哈，懒懒惰惰，随时和你来一下，迷死人。

自卫

　　我在前一些时候写过人物亚里峇峇，这次也请他出镜，让大家看到他的样子，是不是我形容的那么滑稽。

　　为了点缀，也请了一位韩国女子和我们一块逛市场。她没有我们想象中那么美，但也亲切，时常笑，露出一排皓齿，还是可爱的。

　　拍摄前她补着妆。看到她手袋里有一支东西，又不像口红，我问道："那是什么？"

　　"喷胡椒的。"她说，"用来击退色狼的。催泪枪政府不通过，这种胡椒喷筒没受到管制。报纸上一有强奸案的新闻，所有女人都涌去店里购买。"

"有这种专卖店吗？"

"愈开愈多了。"

"还有些什么货物？"

她又从皮包里拿出一个像手榴弹的东西来，我问道："会爆炸的吗？"

她笑得花枝招展："怎么可能？没有炸死别人，先把自己炸死了。"

"那是怎么用的？"

她指着手榴弹中的保险针："把它一拉，就会发出很尖锐、很刺耳的声音，附近的人听到，就会来救我了。"

"响个不停吗？"

"不，"她说，"把保险针插回去，还可再用。胡椒喷筒也一样，可以喷四十次。"

"还有什么其他道具？"

"可真多，数不完。不过还是防不胜防，最好的方法是去学合气道，有一个阴招，向男人的阳具一踢，最有效。"

"但是，如果男人的合气道段数比你更高的话，怎么办？"

"没有办法。"她又笑，"只可以骗男人说月经来了，或者有艾滋病。"

"如果他们先戴套子呢？"

她笑得更大声："乘他们戴时，用力扭断那小鸡鸡。父母都教过我们。"

「仙人掌女人」

看了这标题，你们一定以为我又要写墨西哥，其实今天谈的，是日本女人。

找事做

刚到东京公干，在旅馆check out（办理退房手续）时，前来提行李的不是bellboy（男性行李员），而是一个bellgirl（女性行李员），二十来岁，样子还好看，我顺手帮她拿了一件。

"您这样有绅士风度的男人，日本不多。"她说。

"怎么弄到这个地步？"我边走边打趣。

她知道我在说"什么工作不好做，要做这种粗重活"。

"唉。"她叹了一口气，"日本的经济泡沫一爆裂，大企业一下子炒了几千人鱿鱼，现在每个人都在找事做。"

"你有这样的条件，至少可以去做空姐呀。"我看看她的身材说。

"试过啦，几个月前香港的一间航空公司要招聘二十多个人，而应征的有四千多名，轮不到我。"

"你们家里都还是有钱的呀。"

"有。"她无奈地说，"从前还一直让我乘商务位到香港去买名牌，现在爸爸妈妈说要节省一点。我不想他们烦，搬出来自己一个人住，只好找工作帮补帮补。"

"像你这样的女孩子很多？"

"唔。"她说，"但是她们没有我那么好运气找到这家出名的酒店，有些干脆跑到外国求职。我有好几个同学都去了中国香港，她们打电话来说，在那边的日本女子至少有几百个，也不是人人都找到了事做。"

仙人掌女人

已经走到酒店门口，我等友人来送我到机场，但因塞车吧，他还没到。

那个 bellgirl 又走出来。

"你不介意我和你聊几句吧。"她说。

"我正在嫌闷呢。"我回答,"介意的应该是你的上司。"

"反正我不想在这里一生一世,没关系。"

"从前的人,不会老跳槽的。"

"从前,从前,为什么你们一直想从前的事?现在的日本不同了,我就是和从前的女人不同。"

看着穿了制服的她,我问她:"你和从前的女人有什么不同?"

"我,"她骄傲地说,"我是一个仙人掌女人。"

"什么?什么女人?"我以为听错。

"仙人掌女人,saboten onna[1]!"她确定。

"什么是仙人掌女人?"

"您知道啦,仙人掌是不用靠水活的。"

"这和做女人有什么关系?"

"我们这种女人在东京多的是,我们是不碰水的,所以我们这群人,自称为'仙人掌女人'。"

"哈哈,"我笑了出来,"总要洗澡刷牙吧。"

她娓娓道来:"洗脸可以用化妆膏,然后用纸巾擦干。

[1] Saboten onna:日语罗马字,仙人掌女人。

牙何必刷？嚼香口胶就是。"

"那么你们不用烧菜？不用洗碗、洗碟？"

"现代的女人哪里会烧菜？"她说，"我家里切菜、切肉的刀子也没有。我们要吃东西就到百货公司去买，或者到附近的便利店搞掂。东西都是用塑料杯盛着的，吃完丢掉就是，还去洗？"

"总有一些大块的肉，像鸡肉，菜也有高丽菜等，不能不用刀子切呀！"

"我家只有一把剪刀，什么东西都用它来剪。刀子我不会用，割伤了怎么办？我的同学们也不会用刀子。"她说。

"那么仙人掌女人连水也不喝？"

"说不喝水是假的。但是我们的确不喝水，喝的只是罐头茶，才会减肥呀。"

我想问她到底洗不洗澡，但是这问题太唐突，我便换了一个方式："那么你们也不会洗衣服啦？"

"要自己洗衣服的话，发明洗衣机来干什么？"她理所当然地说，"不过我们也不必洗衣服，反正现在的牛仔裤也不容易脏呀！"

　　我有点听不顺耳了，提高音调说："那么内衣、内裤呢？不像牛仔裤那么不容易脏吧？"

　　她听到我问得有点露骨，也不介意，坦白地说："我们也不知道会不会再见面，说给您听也不要紧。内裤也可以不用换，贴上护垫，每天换一张就是！"

　　"哗！"我忍不住了，"那么你是不洗澡的？"

　　"洗呀！"她说，"一个星期洗一次，总够吧？"

　　我单刀直入："和男人睡觉后也不洗？"

　　"唉，"她又叹一口气说，"在东京这种大都市里要找到一个看上眼的男人真难，还谈什么性生活呢？"

　　朋友的车终于来了，她替我把行李搬进后备箱。

　　我还是忍不住，向她说："最后一个问题，你不洗澡，身体没味道吗？"

　　她笑着："每天出门前，用肥皂在手臂上干擦几下，人家都以为我冲了凉才上班的。"

　　车子走远，仙人掌女人挥手目送，她大概会看到我再次地摇头。

韩女

韩国女性社会地位低，至今还是如此。

但最近有了改善，许多职业如教师、计算机操作员、服装设计，甚至法官，女人也开始有份儿。

去年的统计显示，韩国高中生有七成是女性，女性在大学生中也占了三分之一。

在汉城（首尔的旧称）散步，看到身材高大、面貌美好、双颊透红的女人的确不少。

她们衣着入时，并不差于东京的。

到了夏天，韩国女人喜欢成群结队地在树下荡秋千。

她们穿着传统的韩服，大大的裙子在风中飘荡，秋千越荡越高，充分地表现出她们的青春气息。

其他年纪大一点的则饮酒作乐，醉后高歌一曲。

这种情景，只有在韩国才能见到，可惜近年来已少见。摩登女性认为，这种玩意儿太土气了。

大部分韩女的性情都较其他地方的女人刚烈。

在街上常可见到俩女人大声互骂，她们有时甚至会揪着对方头发大打出手。

这点韩国人自己也不得不认。

韩女驯服起来也是罕见。

我曾经看到小吃店里，男学生坐在椅上大吃大喝，而女的则抱着男学生的书包站在后面等。

总括起来，韩国男人比较粗鲁。

中国香港的男人在韩国吃香是因为他们态度斯文、皮肤洁白。

有一个笑话是一位友人到了汉城，认识了一韩女，风流之后疲倦睡去。

半夜闻声惊醒，发现衣服被偷，见浴室有光，偷窥下才知道韩女在为他洗内衣裤。感动之余，他们成为腻友。

之后，他被招待至女方家中，女方父母热情款待。他醉后入寝，半夜又闻声惊醒，往浴室一看，是女友之母在为他洗内衣裤。